小学館文庫

極悪女帝の後宮 2

宮野美嘉

小学館

目次

序章

「跪《ひざまず》いて私の靴を舐《な》めなさい」

彼女は言った。

大陸に君臨する大帝国斎《さい》の女帝、李紅蘭《りこうらん》。二十歳の若い女帝は絶美を誇るかんばせに酷薄な表情を浮かべて目の前の男を見下ろし、足先を前に出す。

床に平伏《ひれふ》す官僚は全身をぶるぶると震わせて、差し出された靴の先を必死に舐めた。

「どうかお許しください……命だけは……」

「次に同じことをしたら、一族郎党首を刎《は》ねられるとお思い」

「決して……決していたしませぬ……」

「連れて行きなさい」

そう命じると、紅蘭はもう男の存在など目に入らぬ様子で歩き出した。

「帰るわ」

呟《つぶや》き、執務室を出て後宮への道を歩いてゆく。

「今日も結構な極悪女帝ぶりで」

背後から、けけけと小馬鹿にするような笑声と共に声をかけられ、歩きながら振り返る。そこには剣を携えた衛士《えいし》が付き従っていた。

李紅蘭の護衛官にして懐刀、そして幼馴染《おさななじみ》でもある柳郭義《りゆうかくぎ》だった。

「褒めてる？」

「もちろん褒めてます」

斎の女帝李紅蘭を、人は極悪女帝と呼ぶ。

先帝の跡継ぎ候補だった兄たちを弑《しい》し、敵の首を刎ねて玉座に座り、利用してきた臣下を粛清し、己の立場を揺るぎないものとした極悪女帝。その名は畏怖をもって呼ばれている。

さて——その極悪女帝たる李紅蘭は、つい三か月ほど前に結婚したばかりだ。

相手は斎の属国たる脩《しゆう》国の王子、王龍淵《おうりゆうえん》。大陸一の美貌を誇ると噂《うわさ》される希代の美男子である。

極悪女帝はその美しい王子に一目で夢中になり、傍《そば》から離そうとしない。執務が終わるとすぐに後宮へと帰り、片時も離れることなく夫を傍に置いている——と、もっぱらの噂だ。

そして今現在、紅蘭は噂通り足早に後宮へ戻ろうとしていた。季節は冬を迎えており、廊下の寒さが身に染みる。歩いていると、がくんと足の力が抜けて倒れこみそうになった。

「おっと、大丈夫ですか？」

郭義が後ろから紅蘭の体を支える。

「……眠い……」

紅蘭は唸《うな》るように言った。

郭義は紅蘭をきちんと立たせ、同情心あふれるため息を吐《つ》いた。

「三日連続の徹夜お疲れ様です」

「あら……ふふふ……そう……私そんなに寝てなかったの……」

紅蘭は恨めしげな眼《め》で空を睨《にら》んだ。

「まったく……どいつもこいつも立て続けに問題を起こして……私に死ねとでも言ってるのかしらね……うふふふ……」

二十日ほど前に起こった洪水のせいで、ここのところずっと対処に追われていた。その渦中に原因不明の事故が幾度も起きたものだから、おかげでもう二十日も執務室に籠もりっぱなしだ。最後の三日は徹夜である。そしてとどめが官吏の不祥事……何だこれは、殺す気か？

「さすがに限界だわ、後宮に戻るわよ」

高らかに足音を鳴らしながら、勢いよく、しかし優雅に闊歩《かっぽ》する。

「まさか二十日も留守にしてしまうなんてね……」

「そんなに心配ですか？」

「心配に決まってるでしょう？　後宮で待ってる私の虎が、ふてくされて悪戯《いたずら》してたら大変だもの」

紅蘭はため息まじりに答えて歩く速度を上げた。

「あんまり悪さするようなら捨ててきてやりましょうか？　山にでも」

郭義は揶揄《やゆ》するように言う。

「飼い始めたら最後まで可愛《かわい》がるのが飼い主というものよ」

「噛《か》まれないように気を付けてくださいよ」

「そうね……今日はちょっと大事な話があるから、噛まれないよう注意しておくわ」

紅蘭は唇を指で叩《たた》きながら呟く。そう……今日は大事な話が待っている。

そこで二人は後宮へと通じる扉の前にたどり着いた。

その場を守っていた衛士が恭しく頭を下げて扉を開くと、中には主《あるじ》の帰りを待ちわびていた女官たちが列をなしている。

「ただいま。みんないい子にしていた？」

紅蘭が美しい瞳に優しい笑みを浮かべてやると、女官たちはたちまち顔を輝かせる。

頬が上気し、瞳には熱っぽい光が宿る。

「お帰りなさいませ、紅蘭様」

女官たちは弾《はじ》けるような声で主を出迎えた。

紅蘭は一同を順繰り見やり、歩きながら彼女たちの頬を撫《な》で肩《かた》を叩き、後宮の奥へと歩を進めた。

「まあ！　こんなにお急ぎで……」

「うふふ、きっと早く龍淵殿下のお顔が見たいんですわよ」

「これからお二人の目くるめく官能の夜が始まるんですのね」

「いやだ、鼻血出ちゃう！」

「どうにかして覗《のぞ》けないかしら？」

「そんなの覗いたら私、羨ま死しちゃうわ」

「分かる……紅蘭様の閨《ねや》に召されて……なんて考えただけでも、やだどうしましょう！　夢に出ちゃうわ」

「いやん……同意」

女官たちはとろんととろけるように言いながら、紅蘭の後をついてくる。

今日も変態は絶好調だ。近頃もっぱら彼女らの話題に上るのは、主夫妻の閨をどうにかして覗く方法はないものかということらしい。本当に変態が過ぎる。

というか……そんな余裕はそもそもないのだ。頼むから寝かせてくれ！

「ああもう……窮屈……」

紅蘭は呟き、足を止めずに簪《かんざし》や結い紐《ひも》をほどくと後ろに向かって放り投げた。

「きゃあ！　私が拾いますわ！」

「ああん、ずるい！　私が！」

女官たちは次々に放り投げられる紅蘭の装飾品や着物を、爛々《らんらん》と光る目つきで拾い集める。

紅蘭は仰々しく着飾るのが基本的には窮屈で嫌いで、後宮ではいつもこうして脱ぎ散らかすのだ。女官たちがそれを貪るように拾うのが常の光景である。

「相変わらず……あなたの女官たちの性癖はどうなってるんですかね」

護衛官の郭義が背後からぼそっと言う。

「可愛いでしょう？」

紅蘭はふふんと得意げに笑った。が——笑顔の裏で頬を引きつらせる。

紅蘭はこの後宮の主だ。女官たちの心を掌握し、意のままに操るのはお手の物。そうやって、紅蘭はこの場を支配してきた。だけど……

ここまで変態的に慕えとは言ってない！

着ている物が欲しいとか、閨を覗きたいとか、あまつさえ自分が代わりに紅蘭と一夜を……などと夢見る者まで……

おかしな変態たちばかり集まってくるのは何故《なぜ》なのか。誰のせいだ？　何が原因だ？　自分は何かに呪われているとでもいうのか？

嘆く紅蘭の耳元で、郭義は更に言った。

「まあ……厄介で面倒で思い通りにならない変態を、可愛がりまくったあなたの自業自得なんでしょうけどね」

思わずうぐっと呻《うめ》いてしまう。

自覚はあるのだ。誰のせい？　何が原因？　分かっている。自分のせいだ。あれらがみな可愛くてしょうがなくて甘やかしてしまう自分のせい。

「まあそれは別にいいんですけど、一番厄介なのを忘れちゃダメですよ。とんでもないのがあなたを待ってるんだから」

「分かってるわよ。ああもう……お願いだから寝かせてちょうだい……」

絶望的なため息を吐き、紅蘭は薄絹一枚になったところで自分の部屋に帰りついた。

「ただいま、龍淵殿。いい子にしていた？」

軽やかに声をかけながら部屋に入る。が、そこに待っているはずの夫はいなかった。

「お帰りなさいませ、紅蘭様」

出迎えたのは紅蘭のお付き女官である暮羽《くれは》だった。品のある清楚《せいそ》可憐《かれん》な乙女だ。歳《とし》は紅蘭の一つ下。

紅蘭は彼女の頬をちょっと撫でて部屋中見回すが、夫はいない。奥の寝室にでもいるのかと、そっちに足を進めようとすると――

「龍淵殿下でしたら、先ほど急に出ていかれましたわ」

暮羽が紅蘭の疑問を素早く察して言った。

「え？　どこに行ったのかしら？」

紅蘭はいささか驚いた。彼がこの部屋で自分を待ってくれていると信じ切っていたので、その姿がないことに少なからず落胆してもいた。

しかし眠い……とにかく眠い……このまま龍淵のことは放っておいて眠ってしまおうかという誘惑が瞼《まぶた》を重くする。が――

「よく分からないのですけど……龍淵様は突然怖い顔をなさって、ご自分の部屋に戻ると……」

暮羽のその説明に、紅蘭は眉を吊《つ》り上げた。眠い頭が警鐘を鳴らす。

「急に怖い顔……何かいたのかしら……？」

「紅蘭様、お心当たりが？」

「……ちょっと行ってくるわ」

言い残し、紅蘭は再び部屋から出て行った。そこに侍《はべ》っていた女官たちが驚き顔でこちらを見るが、紅蘭は彼女たちに構わず一考し、勢いよく廊下を走りだした。

「紅蘭様!?」

女官たちが慌てて追いかけてくる。

そんな一同を見送り、郭義が呆《あき》れたように呟いた。

「いやいや、みなさん行かない方がいいですよ。あの感じ……たぶん、あのお人がヤバいことをやらかしてるんでしょう」


眠さ限界の紅蘭が向かったのは後宮の一室。夫である王龍淵に与えた部屋だった。

何の合図もすることなく、走ってきた勢いのままに扉を開ける。そこに捜していた夫がいた。

斎の属国である脩国の第五王子であり、紅蘭の夫、王龍淵。

薄暗い部屋の中、彼は椅子に座っていたが、紅蘭に気付いて目を上げた。

人のそれではない……異質な男がそこにいる。

ちらちらと光を振りまく白銀の髪に、黄金の光を宿した深紅の瞳。そして、人間離れした美貌。この世のものとは思えぬ美しい生き物がそこにいる。

紅蘭はこれまで、大陸一を誇る大帝国の後宮で、数限りなく美しい人間を見てきたが、これほど美しい生き物を見たことはない。

そしてその美しい男は……何故か床に平伏す衛士の頭を踏んづけていた。

紅蘭は一瞬にして眠気がぶっ飛び、その光景に見入る。

紅蘭の後についてきた女官たちも、部屋の中を覗き込んで啞然《あぜん》としてしまった。

これは……どういう状況だろう？　ええと……そういう趣味？　二人の大切な時間を覗いてごめんなさい、とか言って退室するべき？　むしろそうしてしまいたい。何も見なかったことにして、自分の部屋に戻って、暖かいお布団で朝までぐっすり眠りたい。いや……現実逃避している場合じゃなかった。

「ただいま、龍淵殿」

紅蘭はとりあえずいつものように微笑《ほほえ》みかける。二十日ぶりの挨拶だった。

龍淵は椅子に座って衛士の頭を踏んづけたまま、じいっと紅蘭を見上げ……表情を変えることなく美しい唇を動かした。

「お帰り、紅蘭」

いつも通りの返事。久しぶりに会えて喜んでいるのか、長く放っておいた紅蘭を怒っているのか……考えていることが全く分からない。

後ろの女官たちが異常事態にざわつく。

「何なんですの、これ……」

「いったいどういう趣味でしょう……まともな性癖とは思えませんわよね、人を這《は》いつくばらせて頭を踏みつけるなんて……」

「龍淵殿下ってば本当に……こんなことする人は他にいませんわよ」

信じられないというようにひそひそと囁《ささや》き合う。

い、言えない……ついさっき男を跪かせて靴を舐めさせましたとは言えない……

紅蘭は背後の声など聞こえなかったことにして、龍淵に話しかける。

「楽しそうね、何をしてるの？」

何でもない些細《ささい》なことを聞くような問いかけ。この異常な状況で落ち着いている紅蘭に、女官たちは感嘆の吐息を漏らす。

「ああ……待っていてくれ。すぐ終わる」

あまり答えになっていないことを言い、龍淵は再び衛士を見下ろした。

「お前……満足したか？」

「……どうかもうお許しを……」

踏んづけられた衛士は、うっとりするような声で許しを請う。

龍淵はゆっくりと足を下ろした。緩慢な動作で顔を上げた衛士の襟首を掴《つか》み、冷たい目で彼を射る。

紅蘭も女官たちも無言でその様子を見守った。

「口を開けろ」

龍淵の命令に、衛士はまともな思考が働いていない様子で従った。下りてゆく龍淵の唇が、噛みつくように衛士の口を塞ぐ。衛士はびくんと全身を震わせた。

「き……きゃあああ！　不貞ですわ！　不義ですわ！　浮気ですわ！」

女官たちが甲高い叫び声を上げる。

紅蘭は頭が痛くなってきた。

ややあって、龍淵は放り投げるように衛士を放し、ぶっと床に唾を吐き出した。放心していた衛士はそこでようやく正気に返り、真っ青な顔で紅蘭を見上げた。状況だけ見れば、この衛士は女帝の夫と不義を働いたのだ。この場で首を刎ねられてもおかしくない。まして相手は極悪女帝と呼ばれる李紅蘭。衛士が怯《おび》えて震えだすのも無理はない。

気の毒に……そう思い、紅蘭はふっと笑ってやった。その笑みに、衛士はひいっと悲鳴を上げる。失礼な……

「光に魅了された蛾《が》を咎《とが》めるほど狭量ではないわ。見なかったことにしよう。出てお行き。一時の甘い夢と思って、一歩出たら全て忘れなさい」

そう言ってやると、衛士は死地に活路を見つけたとでもいうように大慌てで部屋を飛び出していった。

「龍淵様！　まだ浮気癖が直ってませんでしたのね！」

「んもう！　こんなことして……本当は紅蘭様のこと大好きなくせに！」

「ちょっとやきもちを焼かせたかっただけなんでしょ？　さあ、早く謝って！」

「紅蘭様も何を余裕で構えてるんですか！　ちゃんと怒ってください！」

　女官たちはぷんすか怒って龍淵を責め立てる。

　女帝の夫の不貞に対してこの軽い反応……順応性の高い女官たちに紅蘭は感動すら覚える。龍淵のこういう行動は、女官たちにとって、もはや慣れっこなのだった。

　女官たちの黄色い怒声を浴びた龍淵は、妙に苦しそうな顔で俯《うつむ》き……次の瞬間、部屋の壁がドンと鳴った。

「きゃあ！」

　女官たちが驚きの声を上げると、今度はガタガタと調度品が震え始める。

「地震よ！　みんな外に出なさい！」

　紅蘭はぎくりとし、鋭く命じた。女官たちは幾度も悲鳴を上げ、慌てて駆けてゆく。

それを確かめ、紅蘭は部屋の戸を閉めた。すると揺れはすぐに収まった。

「みんな行ったみたいね……大丈夫？　龍淵殿」

　辛《つら》そうに座っている龍淵に声をかける。その姿は、まるで手負いの獣のようだ。何を考えているか分からない顔で紅蘭を見上げ……そして、ぽんぽんと自分の膝を叩いた。それは彼が紅蘭に向けてだけする、ここに来いという合図だった。

紅蘭はやれやれとため息を吐き、彼の望む通りその膝の上に座ってやる。すると龍淵は紅蘭を抱き寄せ、肩口に顔をうずめた。ぎりぎりときつく抱きしめられ、圧迫感で息が苦しくなる。

「私がいなくて寂しかった？　ごめんなさいね」

紅蘭は疲労と呼吸困難で意識を飛ばしそうになりながら、龍淵の背中を撫でる。

龍淵は苦しげに息をしていて何も答えない。

「今日は何を喰《く》ったの？」

「……見たいか？」

聞くなり龍淵は、紅蘭の唇を奪った。

紅蘭が目を閉じ、もはや慣れ知ってしまったその感覚に身を委ねていると、その熱が離れてゆく。目を開ければ、そこにはさっきまでと違う世界が広がっていた。

生首が……ゆらりと宙に浮かんでいる。それも一つではない。五つの生首だ。全員男で、目から血の涙を流している。異常で悍《おぞ》ましい光景が、紅蘭の目の前にあった。

「あの衛士……戦場にでも行ったのか？　十人以上の怨霊がとりついていた」

龍淵がそう説明するのを聞きながら、紅蘭は宙を飛ぶ生首を見上げる。ここにいる生首は五つ……ということは……

「半分以上きみが喰ってしまったの？」

「役に立ちそうだから喰った。半分だけのつもりだったが……残りの奴《やつ》らも俺に喰われたいらしい」

彼は忌ま忌ましそうに生首を見上げた。生首は、龍淵の周りを不気味に飛んでいる。

「彼らはきみに惹《ひ》かれて、あの衛士から離れたということ？」

「だろうな」

「そう……きみは本当に、怨霊を引き寄せるわね」

紅蘭は苦笑した。

三か月前この後宮に輿入《こしい》れしてきた脩国の王子龍淵は、普通の人間ではなかった。彼は生まれつき、怨霊を見ることができるのだという。そして怨霊を喰らい、その力を使うことができるのだ。

しかしそれは彼にとって、苦痛と快感を同時にもたらす、危うい行為だ。喰った怨霊に犯されていると彼は言う。それでも真に危険なものから身を守るため、彼は怨霊を喰わねばならない。

それゆえ彼は、紅蘭に触れたがる。紅蘭の傍にいると、紅蘭に触れていると、怨霊が静かなのだという。人はみな、極悪女帝たる紅蘭を恐れ敬う。怨霊もまた、人なのだ。だから龍淵は紅蘭に触れるのだが、そこにそれ以上の感情はない。

いや……他に感情があるとしたら、それは憎悪であるはずだ。この男は紅蘭が生まれたその時から、紅蘭を憎んでいる。それは今でも変わらない。この男は、紅蘭を憎み、殺すためにここにいる。

その憎悪を全て受け止め、紅蘭は彼を夫として可愛がっているのだ。

「怨霊はきみの美しさに惹かれてくるのかしらね」

紅蘭はぽんぽんと彼の背を叩いた。すると龍淵は紅蘭の肩口から顔を上げ、妙に冷たい目で言った。

「見てくれで他者を判断するのは頭の悪い人間がすることだ」

非難するように言われ、紅蘭は思わずふっと笑ってしまう。

「人を外見で判断するのはそんなに愚かな行為かしら？」

すると龍淵は怪訝《けげん》そうに眉をひそめる。

「あんたは着飾るのが嫌いなくせに、いつも仰々しく飾り立ててここを出ていく。くだらないことだ」

「ふふ……そうね……昔この後宮に、とある女官がいたわ」

「……何の話だ？」

突如始まった昔話に彼はいっそう不可解そうな顔をした。紅蘭は構わず続ける。

「その女官は勝ち気で男勝りな性格で、いつも後宮に立ち入る男たちと言い争いをしていたわ。可愛い格好をするのが苦手で、いつも地味な色の服を着てたの」

「だから何の話だと聞いている」

「そして彼女は恋をした。頻繁に顔を合わせる衛士で、よく言い争いをしていた相手よ。彼女は彼に少しでも可愛いと思われたくて、ある日桃色の可愛らしい衣を纏《まと》って彼に会ったの。そうしたら……衛士は言ったわ『きみって男勝りだから、そういう可愛い格好は似合わないよね』って」

「…………」

「その現場を目撃した他の女官たちの手で、彼がその後どのように処されたのか……私の口からはとてもとても言えないけれど……そんな悲劇も起こりうるのよ」

「男は無神経だという話か？」

「人を見た目で判断するのは、時に思いやりとなりうるという話。私はいつも、人に見てほしい装いをする。化粧もそう。着物もそう。髪型だってそう。威厳があり、莫《ばく》大《だい》な財産がある……そんな風に見てほしいと思って着飾ってるわ。それを無視して内面を暴くのは、無神経でしょう？　本当は面倒だから全裸で歩き回りたいとか……あまり知られたくないもの」

「……あんたは全裸でも人を跪かせそうだな」

言われて紅蘭はその場面を想像してしまった。

それは確かに、違う意味で人を恐れ戦《おのの》かせそうではあるが……

「そもそも俺の顔は生まれつきだ。化粧も衣装も関係がない」

「そうね、でも……きみは自分の顔を隠さないわ。自分を見ろといつも言う。自分でも分かっているんでしょ？　きみが美しくて人目を引くことは、きみの力よ」

少しからかうような言い方をすると、龍淵はどうでもよさそうに目を細めた。

「俺が美しいのはただの事実であって、そこには何の意味もない。あんたが俺をどう見ているかにも興味がない」

「そうね、大事なのはきみが私を……憎んでるってことだものね」

「ああ、それ以外は何の意味もないな」

「きみは私を、殺したいんだものね」

「ああ、あんたを百回殺してやりたい。俺はまともな人間の感情なんて持ってないが……その憎しみだけは確かに持っていると実感できるよ」

そう言って龍淵は、また紅蘭をきつく抱きしめた。ぐりぐりと頭を押し付けてくる。まるで大型の肉食獣にすり寄られているみたいだ。

その縋《すが》りつくような熱と執着心を感じ、紅蘭は吐息を漏らした。

「ねえ……もう我慢できないわ。お願いよ……」

そう呟き、彼の肩に頭を預け……

「お願いだからもう寝かせて……限界……」

いいかげん意識が飛びそうだ。よろめくように龍淵の膝の上から立ち上がろうとするが、龍淵は紅蘭の体を放さなかった。

「ちょっと……放して……」

訴えるが、それでも放そうとしない。龍淵は黙って紅蘭を抱きかかえたまま立ち上がった。いきなり持ち上げられてくらくらする。

しかし龍淵は構わず紅蘭を抱き上げたまま自分の寝台まで運び、二人一緒に倒れこんだ。柔らかな寝台に倒れ、紅蘭の頭はぐわんぐわんと回り出す。

それでも龍淵は紅蘭の体をがっちりと獲物の如く捕らえたまま、少しも力を緩めようとしないのだ。

「……あんたに触ってないと死ぬ」

彼はぽつりと呟いた。

それは……反則だ。紅蘭は彼の腕から逃れる意思をくじかれる。

それをあざ笑うかのように、五つの生首が二人の周りを飛んでいる。もう、目が回っているのか生首が回っているのか分からない。

まあ……どうでもいいか……

紅蘭はそれ以上頭を働かせることを諦め、龍淵の腕の中で力を抜くと、温められた寝台の心地よさに意識を溶かした。

明け方――紅蘭は唸り声で目を覚ました。

何事かと勢いよく起き上がろうとしたが――体が動かない。まさか金縛りかと慌てて辺りを見てみれば、龍淵が昨夜のままきつく紅蘭の体を抱きしめているのだった。

彼は冬の最中《さなか》にびっしりと汗をかき、歯を食いしばって苦しそうに唸っていた。

「龍淵殿!?」

いったいどうしたのかと体を揺する。

「いやだ……やめて……」

龍淵は怯えたように言葉を漏らした。

紅蘭ははっとして彼を揺するのをやめた。そして大きく息を吸い……

「龍淵殿!! 私がここにいるわよ!!」

腹の底から叫んだ。

龍淵はびくりとして大きく目を見開き、目の前にいる紅蘭を凝視した。

「おはよう、龍淵殿。今日はいい天気よ」

紅蘭は夫の顔を覗き込み、嫣然《えんぜん》と微笑みかける。龍淵はしばし放心していたが、深く息をついて肩の力を抜いた。それを認め、紅蘭もほっとした。

きっと怖い夢を見ていたのだろう。雰囲気から、ずっと昔の……子どものころの夢だったのではないかと感じる。

「今日は私、一日中後宮に籠もる予定なの。近頃ずっと働き詰めだったから」

寝台から下り、窓を開け放つ。冬の朝の冷気が吹き込んでくる。紅蘭の適当な天気予報は外れていて、あいにくの曇り空。乾いた木枯らしが吹きこんでくる窓を閉め、振り返る。

「暖かいところでのんびりするわ。きみ、付き合ってくれる？　ゆっくり美味《おい》しいお茶を飲みたいわね。それから……きみにとても大事な話があるの」

人を誑《たぶら》かす微笑みで、紅蘭はそう告げた。

龍淵の部屋に、朝食が速やかに用意された。夫婦二人しどけない姿で朝食をとる。部屋の中は十分に暖められていて居心地は悪くない。

部屋の端には女官たちが数名控えていて、主夫婦をねっとりと眺めている。

「紅蘭様がお戻りになって本当によかったですわ。この光景が見られなくて私たちがどれだけ欲求不満……いえ、寂しかったか」

「それに、これで私たちも龍淵殿下の色香に惑わされずに済みますもの」

そんな欲望をだだ洩《も》れにしている女官たち以外の姿は、部屋の中に見えない。宙を見回してみても、紅蘭の目にはもう昨夜の生首の影すら見えなくなっていた。

龍淵の目には今でも見えているのだろうか……？　そんなことを考えながら温かい茶をすする。

龍淵は食事に手を付けることなく紅蘭を見ている。じーっと……何かを窺《うかが》うように。

「どうしたの？」

すると彼は向かい合わせに座る紅蘭に手を伸ばしてきた。卓の上に置かれた紅蘭の手を取る。

女官たちがきゃっと艶めいた声を上げる。

「ほらやっぱり……紅蘭様がいらっしゃらなくて、龍淵殿下も寂しかったんですわよ。本当に紅蘭様のこと大好きなんだから……」

口元を押さえて忍び笑いをしている。が――この男がそれほど単純ではないことを、紅蘭はよく知っている。

龍淵は紅蘭の手を握り、皮膚の薄い手首を親指でなぞった。その下にある血の管に触れようとしているみたいに。

「あんたを殺すところを想像してた」

彼は淡々と言った。ちょっと考え事をしていたというくらいの軽さだった。

女官たちがたちまちぎょっとし、しんと静まり返ってしまった。殺すなどという物騒な言葉をいきなりぶつけられては無理もない。龍淵は彼女たちの驚きなど意にも介さず言葉を重ねてゆく。

「あんたがいない間……ずっとそのことを考えていた。俺の頭の中であんたは百万回死んだ」

「そう？　そのたびに蘇《よみがえ》る私って不死身ね」

そして紅蘭も、唖然とする女官たちを置き去りにして、何でもないことのように笑ってみせた。

この男は、李紅蘭という人間を憎んでいる。その憎悪一つで存在し、紅蘭を殺すためだけに生きている。そういう獣だ。それなのに、紅蘭に触れることを必要としている歪《いびつ》で憐《あわ》れで危険な獣なのだ。ただ……触れる手に、見つめる瞳に、時折それ以外の熱がこもっているように感じる時がある。

今はどちらだろうかと彼の顔を覗き込むが、その内側にあるものは相変わらず見えてこない。

すると龍淵は手を放し、自分の膝をばしばしと乱暴に叩いた。

「また？」

紅蘭は食事を中断させ、苦笑しつつ立ち上がり、彼の膝に座る。

女官たちが口元を押さえて声を押し殺したまま、部屋の隅っこにどんどん下がっていく。邪魔すまいと思っているのだろうが、もうすでに気配がうるさい。

そんなものはお構いなしに、龍淵は紅蘭を抱きしめた。なんだかいつもと雰囲気が違う。彼はそれほどたくましい体つきをしているわけではないが、喰らった怨霊の力を使えば、紅蘭をへし折るほどの怪力を出すこともできる。

「どうしたの？　少し会わない間に甘えん坊になっちゃったの？」

危機感を悟らせないよう軽口を叩くが、龍淵は答えないままじっとしている。甘えられているというよりは、捕食されているという感覚だ。

紅蘭は探ることを諦め、本題に入った。

「きみに大切な話があるって言ったでしょう？　聞いてくれる？」

「……何だ？」

「私ときみの今後に関わる大切なことよ」

紅蘭は龍淵を抱きしめ返したまま言った。

「きみにとっては突然のことで、動揺させてしまうかもしれないわ。だけど、落ち着いて聞いて欲しいの」

「……あんたらしくない物言いだ。何が言いたい？」

「そうね、あまり回りくどい言い方はよくないわね。ええ、はっきり言うわ」

紅蘭はひやりとしながら深呼吸する。

「私、養子を取ろうと思っているの」

意を決してそう告げた。


「私には何人も兄がいたわ。そのほとんどは私が首を刎ねた。玉座を得るために邪魔だったの。だけど、一人だけ私と仲の良い兄がいたわ。一番上の兄、李俊悠《しゅんゆう》。俊悠兄上は、そうね……無能な兄たちの中では一番まともだったかもしれない。実際彼は、玉座に最も近い皇子と言われていたし。愉快な兄上だった。だけど……俊悠兄上は三年前に亡くなったの。事故だったわ。庭の池に落ちてしまって……。だから私は皇帝になることができたのよ、俊悠兄上に代わってね」

紅蘭は龍淵の膝に横座りしたまま説明した。

龍淵の反応は……ない。彼は紅蘭を膝に乗せていたが、体を離してこちらを凝視している。感情の見えない深紅の瞳が不気味なほどに美しい。

控えている女官たちは驚きの表情で息を潜めている。

紅蘭は慎重に話を進めた。

「兄上は息子が一人いたの。白悠《はくゆう》という今十歳の少年よ。母親は物心つく前に亡くなっているし、母親の生家ももうないの。今は私の姉上のもとにいるけど、私がその子を養子にしようと思ってるのよ」

「……どうしてそんなことを俺に話す？　あんたはこの国の女帝で、できないことは何もない。あんたの好きにすればいい。逆らえる人間は一人もいない」

ようやく反応があったことに、紅蘭は安堵《あんど》する。

彼の指摘はもっともだった。紅蘭が思い通りにできないことは何もない。ただ――これは紅蘭一人でなせることではないのだ。

「ねえ、きみは私の夫で、私はきみ以外の夫を持とうとは思わない。つまり養子を迎えるなら、きみがその子の父親になるのよ。きみはその子を、愛さなくちゃいけないの。父親になるならね」

その言葉に、龍淵はほんの少し眉をひそめた。

「……紅蘭、あんたは……家族というものに妙な幻想を持っているな。親は子供を愛するもので、兄弟は仲良くするもの……周りの全てを踏みにじって玉座に座った極悪女帝のくせに、甘い幻想を持っているな」

急にそんなことを言われて紅蘭は驚く。

「きみは……誰にも興味なさそうな顔してるくせに、案外人をよく見てるわね」

思わず苦笑いする。

「そうね、私……そういう幻想を持っているのかも。そういうことを信じさせてくれる人たちに育てられたんだと思うわ」

「……あんたは幸運だ」

「ええ、運も天命も、私の前にひれ伏してきたのよ」

紅蘭は妖艶に笑ってみせた。

さて……ここからどう話を進めていこうか……この危うい獣を人の親にするためには……

龍淵は紅蘭を膝に乗せたまま、しばし考えるそぶりを見せ――

「……どうしてあんたがわざわざその少年を養子にする必要がある？」

聞かれて驚いた。彼がその少年に興味を持ってくれるとは思わなかったのだ。

「何か理由があるんだろう？」

龍淵は重ねて聞いてきた。その声はやや冷たい気配を帯びている。

「おかしな話だ。俺が父親に？　本気で言っているのか？　あんたは俺がどういう人間か知っている。俺がとうてい、人の親になれるような人間ではないと分かっている。そんな男にあてがってでも養子にしたい理由が、その少年にはあるんだろう？　それは何だ？」

彼の言うことは考えるまでもなく正しい。王龍淵は怨霊に魅入られた危険な獣だ。そんな男を稚《いとけな》い少年の親にすれば、少年にも危険が及ぶことは十分に考えられる。

「子供が怨霊に襲われる危険は……」

「俺は、自分を育てた人間しか知らない」

紅蘭の言葉を遮って彼は言った。

「俺は、俺が育てられたのと同じようにしか、誰かを育てることはできない。俺は人を愛せない。そういうやり方しか知らない。俺は……人を愛する方法なんて知らない。紅蘭……あんた、それを分かっていて俺に父親をやれというのか？」

それは紅蘭が案じたこととはいささか違っていた。

瞬間、彼が育った場所に思いを馳《は》せる。誰が、どんな風に彼を育てたのか……幼い頃から怨霊を見て、喰らい、操り、周りから恐れられていた少年……彼がどんなふうに育てられたか紅蘭は知らない。想像することしかできない。

彼は、人を愛する感覚が欠落しているのだという。それは、彼が誰にも愛されずに育ったからだろうか？　あるいは、唯一愛してくれた人間が、紅蘭のせいで死んだからだろうか……？

龍淵は膝に乗せたままの紅蘭をじっと見ている。彼はいつも紅蘭を、こうして観察している。まるで野生の獣が敵を警戒するように。

いつもと同じその瞳に、突然攻撃性のようなものを感じた。その攻撃性が何に向けられているのか分からない。まばたきする間に、喉を喰い千切られるかもしれない。

その危うさに、ぞわっと鳥肌が立った。

「そんな男に与えてもいいというその少年は、いったい何だ？　その少年は、あんたの何だ？」

深紅の瞳が光った気がした。

これは……嘘《うそ》でやり過ごさない方がいい。本当のことを告げた方がいい。

白悠を養子にしたいのは、心配だからだ。母を亡くし、父を失い、一人になってしまったあの少年がずっと気がかりだった。なぜなら彼は……

「あの子は……不幸を呼ぶ少年なのよ」

瞬間、彼の赤い瞳が揺れた。表情が強張《こわば》る。

紅蘭はなだめるように龍淵の腕を叩き、再び話し始めた。

「私は直接会ったことがないけれど、あの子は不幸を呼ぶ……昔からそう言われているわ。きみなら、その意味が分かるかもしれない……と、私は思ったの。きみは、人に見えないものが見える人だから。だから私は、白悠をきみに会わせたいの」

その意味を、彼はすぐに察した。わずかな体の震えが伝わってくる。人には見えず、彼には見えるもの。それは……

「あの子は不幸を呼ぶ子。あの子に近づく人間は不幸になる。事実、周囲の人間が不可解な死を遂げたり、怪我《けが》を負ったり……そういう不吉なことが今までに数えきれないほど起こっている。その原因が今までずっと分からなかった。誰かの作為が働いているのか、あるいはただの偶然か……」

偶然なんてものは――あるものだ。そこに理由をつけたがるのは人間の不安ゆえ。偶然の不幸なんて掃いて捨てるほどあるのだけど……

「でも、私はきみという人間を知ってしまったわ。だから、白悠のもたらす不幸は偶然じゃなく、誰かの作為でもなく、何か別の理由がある事象なのかもしれない……そう思ったのよ。私が何を言いたいのか分かる？」

「……怨霊」

「ええ、あの子がもたらす不幸には、怨霊が関わってるのかもしれないわ」

紅蘭は女官たちが聞く前で断言した。問題はない。彼女たちは、紅蘭の言葉を何一つ理解しないほどの馬鹿……として振る舞える……それくらい賢《さか》しい女官たちなのだ。彼女たちに聞かれて困ることは何もない。

「二十日前、西の地方で洪水の被害があったわ。その地を治めているのは私の姉。つまり……この三年、白悠の面倒を見ていた人よ。洪水が起こってから、姉上と白悠の周りでは謎の事故が立て続けに起こって、何十人もの怪我人が出たの。災害の対処は遅れに遅れたわ。姉上はもう……白悠の面倒を見るのは無理だと言ってる。あの子がこの不幸を呼んだんだって」

「……だからあんたが養子にすると？」

「ええ、私にはきみがいてくれる。白悠が呼ぶ不幸の原因が怨霊なら、救えるわ」

「俺に力を貸せと？」

「ええ」

紅蘭が即答すると、龍淵は口を閉ざし、数拍思案し――

「好きにすればいい」

ぽつりと言った。

「養子を取りたいなら取ればいい。それは俺が止められることじゃない」

想定外に容易《たやす》く肯定されて紅蘭は面食らう。

「いいの？　父親になってくれる」

「それは無理だな」

龍淵は即座に否定した。

「あんたが誰を養子にしようが、側室にしようが、俺をどう扱おうがどうでもいいが……父親にはなれない」

断言され、紅蘭は一つ息をついた。これは……無理だ。彼にとって家族というのは鬼門だ。下手に強要したら大変なことになる。

「そう……きみがどうしてもいやだと言うなら仕方がないわ。私、きみの嫌がることはしないの」

「ああ、あんたはそうやっていつも俺を甘やかす」

「ええ、父親にならなくていいわ。その代わり、私が白悠を養子にするのは受け入れてくれるんでしょう？　あの子が怨霊にとりつかれていたら、手を貸してくれる？」

「利用できそうな怨霊なら喰ってもいい。いつも通りご褒美をくれるなら」

「もちろんよ、きみのほしいものなら何でもあげるわ」

紅蘭はほっとしながら微笑んだ。その笑顔を見て、龍淵は不可解そうに首を捻《ひね》った。

「あんたは……その少年が怖くないのか？」

「私が？　白悠を怖がる？」

「ああ、そいつが怨霊と関係なく不幸を運ぶ生き物だったらどうするつもりだ？」

唐突な問いを、紅蘭は真剣に考えた。思わずふっと笑ってしまう。

「面白いわよね。私を不幸にできる生き物がこの世に存在するなら……ぜひ会ってみたいわ」

にたりと笑った紅蘭を、龍淵は眩《まぶ》しそうに見やる。

「やはりあんたは極悪女帝だな」

第一章　不幸を呼ぶ少年

　斎帝国の後宮には、およそ三千人の人間が仕えている。

　その中でも女帝李紅蘭に侍る女官たちは、全員が紅蘭に心酔し、命令一つで命でも投げ出す忠臣の集まりだ。そして——主にしっかりちゃっかり邪《よこしま》な気持ちを抱く、絶望的な変態の群れでもある。

「紅蘭様が、養子を迎えるんですって」

　斎の後宮はたちまちその話題で持ちきりになった。

「聞いたわ、俊悠殿下のご子息の、白悠殿下ですってね」

　女官たちは後宮の一室に集い、深刻な表情で顔を突き合わせている。

　その中の一人、鈴明《りんめい》も己を愚かなる変態と自覚する忠実な女官だ。

「龍淵殿下の反応はどうだったの？　養子の話を聞いて」

　鈴明は最も気になることを問うた。

「ああ、その場面なら私が見ていましたわ。龍淵殿下は……紅蘭様を膝に乗せて抱き合いながら話をなさっていました」

その暴露に、女官たちは色めき立つ。

「ちょ！　もっと詳しく！」

鈴明も思わず身を乗り出してしまった。いやいや、いけない……それより龍淵殿下の反応を知る方が重要だ。

あの人は輿入れしてきて以来、何人もの女官や衛士を誑かし、惑わせてきた魔性の男だ。かくいう自分も……くっ……婚礼の日に唇を奪われた最初の女である。思い出すだけでときめきが……いや、腹立ちが収まらない。あのあと紅蘭様に与えられたお仕置きを思い出すとよけいに胸の高鳴りが……いやいや、胸の痛みが忘れられない。

鈴明は悶々《もんもん》とする思考を振り払うようにぶんぶんと頭を振った。

たぶん、王龍淵という人は何か不可思議な存在なのだ。わけの分からない力を持っていて、何かしている。そんなこと、言われるまでもなく見ていれば分かる。馬鹿じゃないのだ。李紅蘭に仕える女官はみなそれを知っている。だけど……自分たちは何も分からない馬鹿でいなければならない。

鈴明は落ち着きを取り戻してこほんと咳払《せきばら》いする。

「それで？　お二人はどういう話を？」

「何の話をなさってるのかよく分かりませんでしたけど……龍淵殿下は、父親になるのに乗り気じゃなかったみたいですわ」

その言葉に全員顔を見合わせる。

「ねえ……私、ずっと心配してることがあるんだけど……龍淵殿下はいつも紅蘭様を……憎い……殺してやりたい……と、おっしゃるでしょ？」

鈴明は神妙な顔を作って、つい言ってしまった。

室内がしんと静まり返る。

「そのことについて……みんなどう思ってる？」

それは全員が知っているが、口にしないことだった。女を殺すという言葉には別の意味があると言って、笑って流していた程度だ。そのことを、鈴明はあえてはっきりと言葉にした。

その不穏な言葉に、女官たちは全員顔を見合わせ――

「そりゃ紅蘭様ですもの。この世の誰に憎まれていたって不思議じゃありませんわ」

「そりゃそうね、だって紅蘭様だもの」

「ええ、斎が誇る極悪女帝ですもの」

あっさりと答える。鈴明はずっこけそうになった。

最近の二人になんだかふと不安を感じてしまうのは、自分の気のせいなのだろうか……うん、きっとそうだ。気のせいだ。龍淵が紅蘭を殺すことなどできるはずがないのだから……鈴明は自分にそう言い聞かせ、さてと居住まいをただした。

「よかったわ、じゃあ集まってもらった本題に入りましょう。一体誰が……白悠殿下付きの女官になるか……ということなんだけど？」

鈴明を含め、この場にいるのは全員が紅蘭付きの女官である。その中から、数名が白悠付きの女官にならなければならないと、筆頭女官の暮羽から言われたのだ。

「私が行きますわ」

一人の女官が手を挙げた。

「白悠殿下は不幸を呼ぶ少年という噂でしょう？　危険ですわ。だから私が、みなさんの代わりに……」

「だめよ、若いあなたには任せられないわ。ここは私が……」

「いえ、危険な役目は私のような身分の低い者が引き受けるべきよ」

「ねえ……正直にならない？　紅蘭様から褒められたいって素直に認めましょうよ」

鈴明はその場を鎮めるように言った。

皆の考えは分かっている。なにしろ不幸を呼ぶ少年のお付き女官。この危険なお役目を引き受けることで、どれだけ紅蘭様から褒めていただけるか……そして、どれだけ紅蘭様の役に立てることか……あの人に喜んでもらえるなら、少しお傍を離れることなど血の涙を流して我慢できる。

「というわけで……くじ引きよ」

と、鈴明は人数分の竹ひごが入った壺《つぼ》を前に差し出した。当たりには先に色が付けてある。今日は、このために皆を集めたのだ。

「いいですわ、くじ引きで決めましょう」

皆が手を伸ばし、竹ひごをつかんだ。奇妙な高揚感と一体感を覚えながら、鈴明はふと思った。

「ねえ……白悠様って本当に不幸を呼ぶのかしら？　みんな、怖いとは思わない？」

すると全員が顔を見合わせ……答えた。

異口同音の答えに、みんな笑い出してしまう。

その光景を、傍で眺めている一人の少女がいた。

黒髪に黒い衣を纏った漆黒の少女。

誰にも気づかれることなく、少女は女官たちの話を聞いていた。

李白悠が紅蘭の養子として後宮に入ったのは、それから半月後のことだった。

さて……かの少年につきまとう噂は、はたして本当なのか……？　それともただの偶然にすぎないのだろうか……？　今の紅蘭にとっては、怨霊が原因である方がよほどましだ。怨霊が原因ならば、今の紅蘭には対処する術《すべ》がある。けれど、そうじゃなかったら……？　はたして白悠とは、どんな少年なのか……

そのことをひたすら考えながら政務をこなし、夜になって紅蘭はようやく後宮へと戻った。

紅蘭がいつも通り飾りや衣服を放り投げながら自室に戻ると、龍淵はなぜかだるそうに長椅子で横たわっていた。

「体調が悪いの？」

「……腹が減った」

龍淵が力なく零《こぼ》すので、紅蘭は安堵とともに笑った。

「私の息子に会う心の準備はできてる？」

「特に何も」

龍淵はしどけない姿で長椅子に寝そべりながら紅蘭の手をつかんだ。本当にいつ見てもまともな人間には見えない。こんな美しい人間が、この世に存在していていいのだろうかと思ってしまう。

「少しは気持ちが変わって、父親になる覚悟の一つも生まれていない？」

「……あんたが誰を養子にしようがどうでもいいが、俺にまともな父親を求めるなよ。

人を不幸にする少年を、不幸にしたくなければな」

龍淵は声を低めて言った。

紅蘭はくすっと笑って彼の手を握り返す。

「きみ、白悠を不幸にしたくないって思ってるの？」

「不幸な人間は少ない方がいいに決まっている。人が不幸に死ねば……怨霊が増える。煩わしいことこの上ない……」

龍淵はわずかに顔をしかめた。

「お二人とも、仲がよろしいのはけっこうですが、その辺にしてくださいませ。白悠殿下がお二人に挨拶するためずっとお待ちなのですから」

そう口を挟んだのは、女官の暮羽だ。今日はいつもより化粧が濃く、妙にやる気が漲《みなぎ》っているように見える。

「可愛いわね、暮羽」

紅蘭はにこっと笑った。たちまち暮羽の頬が朱に染まる。

「からかわないでくださいまし。私のことなどどうでもいいですから、早く白悠殿下にお会いくださいい」

「ええ、呼んでちょうだい」

全く動く気のなさそうな龍淵を慮《おもんぱか》り、紅蘭は白悠に足を運ばせることにした。

暮羽は紅蘭と、紅蘭の手をつかんだままの龍淵を交互に見て、色々察し、頷《うなず》いた。

「では少しお待ちくださいませ」

そう言って退室すると、しばらくして戻って来る。

「白悠様がお越しです」

「通しなさい」

紅蘭は龍淵を引っ張り起こして長椅子に座らせ、その隣に座って命じた。

暮羽の後ろから、静かに一人の少年が入ってきた。

少年は姿勢よく歩いてくると、紅蘭と龍淵の前で恭しく礼をした。

「顔をお上げなさい。よく来たわね、白悠」

優しく微笑みながら声をかけると、少年――白悠はゆっくりと顔を上げ、にこっと笑った。

紅蘭は思わず目を見張った。

なんて……愛らしい少年だろう。どんなわがままでも許してしまいたくなるような、無垢《むく》で愛くるしい笑顔。

「初めまして。母上様、父上様……と、お呼びしてもいいですか？」

少年特有の澄んだ声が、はつらつと問いかけてくる。

自分は母と呼ばれても構わないが、龍淵が拒否反応を示すに違いない。そう思って隣を見ると、龍淵は思いのほか落ち着いた顔をしていた。父という言葉に反発する様子はない。

「好きなようにお呼びなさい」

紅蘭はにこにこと朗らかに笑った。

白悠の顔がぱっと輝く。光が零れ落ちるような笑顔だ。

「ありがとうございます、母上様」

顔も声もきらきらと輝いていて、紅蘭は目を奪われた。

「母上様には感謝しかありません。叔母上はとても疲れていらしたから、解放して差し上げたかったんです」

はきはきしているのに落ち着いていて、いかにも利発そうだ。十歳という歳よりも大人びて見える。

「これからはここがお前の家よ。安心して過ごしてね」

紅蘭がそう言って歓迎するように手を伸ばした時、今まで黙っていた龍淵が不意に口を開いた。

「そこに座れ」

それは白悠に向けられた言葉だった。白悠は一瞬きょとんとし、しかしすぐ床に膝をついた。

「これでいいですか？」

すると龍淵は長椅子から下りて白悠の目の前に胡坐《あぐら》をかき、彼の顔に向かって手を伸ばした。白く美しい龍淵の手が、白悠の頬に触れる。

白悠は一瞬緊張したように身をすくめたが、逃げたりはしなかった。そんな少年の頬を、龍淵の指や手のひらが撫でる。

「あの……父上様……？」

「俺の目を見ろ」

「……は、はい」

白悠はその命令にも素直に従った。龍淵の赤い瞳が間近で少年を射る。

紅蘭は身動き一つせず成り行きを見守った。部屋の端に控えていた暮羽も同じく黙って見ている。

しばらくすると、龍淵は白悠から手を離した。

「もういい、出ていけ」

冷たく言い捨て、立ち上がって椅子に戻る。

「白悠、彼は少し疲れているみたいなの」

紅蘭が言い添えると、ぽかんとしていた白悠はすぐに立ち上がった。

「そうだったんですね。具合が悪いのに、ご挨拶させてくださってありがとうございます。どうかお体をいたわってください。それじゃあ、僕は失礼します」

白悠は丁寧に礼をして、最後まで礼儀正しく部屋を出て行った。

少年がいなくなると、紅蘭は隣に座る龍淵の膝を軽く叩いた。

「あの子はどう？」

「……何もいない」

「え？」

「あいつの中に怨霊はいない。あれは何にもとりつかれていないし、呪われてもいない。だが……まともな人間じゃないな。血の臭いがした」

「血の臭い……？」

紅蘭は怪訝な顔で首を捻る。

「それが不幸を呼んだの？」

「さあな……それは分からない」

龍淵はそう呟いて黙り込んだ。

「そう……それにしても、頭のいい子ね」

紅蘭は目の前で挨拶した少年の姿を思い返す。

「あの子、きみを見ても驚かなかった」

「この色を見ても、か？」

龍淵は一つに結った白銀の髪を一房掴んだ。

「そうね、それに何より……私を前にしても全く緊張した様子を見せなかった。私を前にして緊張しない人間に、私は今まで会ったことがないわ」

紅蘭が己の胸を押さえて言ってのけると、龍淵は不愉快そうな顔をする。

「俺はあんたに緊張なんかしていないが？」

「あら、きみほど私を意識してる人間はいないわよ」

紅蘭はからかうように笑い、再び少年の笑顔を思い浮かべた。

「あの子……本当に頭のいい子だわ。心の中を全部隠して可愛らしく笑ってみせた。面倒ねえ……」

小さくため息を吐く。紅蘭は、己の感覚を絶対的に信じている。その感覚が、あの少年は厄介だと確かに言っているのだ。

「……楽しそうだな」

龍淵はいささか見下したように言った。紅蘭はムッとして言い返す。

「楽しいわけがないでしょう？　養子に迎えた子供は扱いやすい方がいいに決まってる。賢すぎる子も嘘吐きも面倒よ」

「嘘だな」

龍淵は断言した。

「その程度のことを面倒に思う人間が、俺を可愛がろうなんて思うはずがない」

ズバリ言われて、紅蘭はうぐっと言葉に詰まる。

「あんた、白悠を気に入っただろう？」

「……気に入ったか気に入らなかったかで言えば……まあ気に入らなくなかったこともなくはないわよ」

「だろうな」

龍淵はどうでもよさそうに首肯する。

「それより問題は、あの子の呼ぶ不幸のことよ。怨霊にとりつかれているんだと思ってたのに……きみの見立てでは違うんでしょう？」

怨霊ではないというなら、一体何が原因だ？　何故あの少年は、不幸を呼び寄せているのだろう？　血の臭い……紅蘭には分からなかったその臭いの正体は、いったい何なのだろう？

「変だな……どうしてそんなに気にする？　あんたは不幸など恐れていないはずだ」

彼の口調がふと変わった。紅蘭をじっと見ている。内側を覗きこもうとしている。

「だけど、実際あの子の周りでは不幸が起きてるわ。怪我をした人間も、死んだ人間もいる。その理由を知りたいと思わないの？」

しかし龍淵は納得することなくぐっと顔を近づけてきた。

「紅蘭、俺の目を見ろ」

美しい深紅の瞳に射貫《いぬ》かれ、紅蘭は思わず顔をしかめた。

「やめて、私を喰らうつもり？」

「俺はあんたを喰えない」

「嘘、きみは前に私を喰ったわ」

「いいや、あんたを喰ったことはない。ただ、繋《つな》がっただけだ」

目や口や性器で——穴で——彼は人と繋がる。怨霊を見ることができる自分の力を人に伝染させることもできる。そして、繋がった相手の内側を覗くことも……

「……また繋がろうっていうの？」

身を引こうとする紅蘭の手を、龍淵が摑んだ。

「あんたが何を考えているか知りたいだけだ。邪魔者を片っ端から排除してきた極悪女帝が、どうしてあんな少年一人にかかずらう？」

真っすぐに聞かれ、紅蘭は少し困った。適当な理由をでっちあげることもできるけれど……綺麗事《きれいごと》を言うことも、露悪的なことを言うこともできるけれど……正直に言った方がいいような気がした。嘘を言ったことが後々分かれば、彼の攻撃性がどこに向くか分からない。

「……俊悠兄上に頼まれたわ」

本心を語る。兄が生きていた頃、言われたのだ。

「白悠を頼む……あの子を救って欲しい……って」

不幸を呼ぶ少年なんて、最初はろくに信じていなかったけれど……

「だから私はあの子を放っておけない」

紅蘭はいささか複雑な気持ちで言葉を紡ぐ。

「極悪女帝でも、理由なく人を始末したりしないわ。無差別殺人鬼じゃないのよ。私はあの子のことを何も知らない。あの子がどうして不幸を呼ぶのか……それが分からなければ何もできない。だから知りたいのよ」

心からの言葉を告げる。だというのに……

「くだらない理由だな」

龍淵は一蹴した。

紅蘭は啞然とし、ぷるぷると拳を震わせる。

「きみねえ……妻がこんなにも自分の無力に打ちのめされているというのに、その言い方は無神経が過ぎると思わないの？」

「無力？　馬鹿げた冗談だ」

冷え冷えとした空気を漂わせて龍淵は言った。

「あんたは無力な人間になることはできない。あんたができない数少ないことの一つがそれだ。あんたの強さは異常で、それはあんた自身の意思で覆せるものじゃない」

それは褒めているのか？　貶《けな》しているのか？　紅蘭はまた呆れた。

この世に一人くらい、自分を無力な乙女として扱ってくれる人間がいてもいいのではなかろうか？　極悪女帝と呼ばれる強靱《きょうじん》な女も、夫の前では無力な小娘になって、弱音を吐いたり、慰められたり……そんな風に、他の誰にも見せない顔を夫にだけは見せたっていいのではなかろうか？

よくよく考えると、昔から可愛い女の子として扱われた記憶は皆無だ。

「ねえ、龍淵殿……きみは私の強さを異常だといつも言うけど、私だって……たまには桃色の衣を纏いたくなることがあるかもしれないのよ？」

紅蘭はため息を吐きながら言った。

「……は？」

おや、彼が驚いている。とても珍しい。

「そういう時は、素直に可愛いって言って欲しいわ」

すると龍淵はふと目を真ん丸にした。

「何故？」

「え？　何故って？」

「あんたがどうして、俺に可愛いなんて言われたがる？」

心底意味が分からないというようにきょとんとしている。どうやら、本気で疑問に思っているようだ。

「俺があんたを可愛いと言ったところで、あんたに何の利益があるんだ？」

「私が嬉《うれ》しいって思うかもしれないでしょ？」

「俺に褒められたところで別にあんたは嬉しくないだろう？」

ますますきょとん顔になる。妙に幼い表情だ。

「そんなことないわ。可愛いって言われれば嬉しいものよ。あら、でも、そういえば……今までに誰かから可愛いって言われたことあったかしら？」

思わず真剣に考えこんでしまった。

美しいと言われたことは数限りなくあるし、事実美しいが、可愛い……？　んん？　もしかしたら、言われたことがない……？

「……私って、もしかして可愛くないのかしら？」

と、自分の頬をさする。

「ねえきみ、どう思う？」

「あんたが可愛いかどうか？」

「ええ、私は可愛い？」

図らずも真剣な顔になってしまう。その顔をじっと見て……

「可愛くはない」

と、彼は言った。

花のように可愛いよ……なんて言われるとは思わなかったが、そこまではっきり否定されるとも思わなかった。

「知ってるわ、怖いって言うんでしょう？」

自覚はもちろんあるのだ。誰からも怖く見られるよう振る舞ってきたのだから。しかし夫にくらいは可愛いと思われてもいいだろうに……

「……そうだな、あんたは怖い」

「知ってるったら」

「俺があんたを殺したいと分かってて、俺を可愛いと言うあんたが怖いよ」

そこで彼は突然紅蘭の首筋に触れた。

「俺があんたを殺したら……あの少年はまた行き場を失うな。あんたは俺に殺される可能性など少しも考えていないんだろうな。だから養子に迎えたんだろう？」

紅蘭は一考し、首に手をかけられたまま龍淵の頬を撫でた。

「そんなこと、きみは心配しなくていいわ。私は死なないから」

自分を殺したがっている男に向かって断言する。

「あの子の面倒は私が見るわ。私はね、面倒な生き物の世話をするのは得意よ」

同じ頃──白悠は与えられた部屋に籠もってじっと椅子に座っていた。

今まで暮らしていた叔母の屋敷とも、三年前まで住んでいた北領にある父の城とも、比べ物にならないほど宮殿という場所は華やかで落ち着かない。

二間続きの部屋は広々としていて、豪奢《ごうしゃ》な細工が施された調度品が並んでいる。

こんなところまで……来てしまった。

自分を落ち着かせるように深呼吸する。

まだ少し心臓の鼓動が速い。

「何だよあの人たち……」

思わず呟く。

初めて出会った極悪女帝、李紅蘭……美しい人だった。あんなに綺麗な女の人には今までに会ったことがない。

優しく微笑んでいたけれど……あの異常な圧力。目を合わせただけで何も言えなくなってしまいそうだ。

性格の悪い人には見えなかった。言葉遣いも丁寧で、浸《し》み込んでくるみたいなしゃべり方で……それなのに、怖かった。あれは絶対、ヤバい人だ。

それにあの、異質な色彩を纏う男……顔立ちが整いすぎて人間には見えなかった。なんで触られたんだろう……そういう趣味……かな……

見た目は綺麗だけど中身はちょっと変なのかな。まあ、見た目だってちょっとどころじゃなく変だけど……美しさを飛び越えすぎると人間は異常に見えるんだな……

思い返すと、冷や汗が出そうになる。

あんなおかしな人たちの養子になってまで、ここに来た。

そもそもあの人たちは、どうして白悠を養子にしたのだろう？

不幸を呼ぶと言われて忌み嫌われたこの自分を……

理由は何も分からない。自分がどういう扱いをされるのかも……

だけどそれでも、叶《かな》えたいことがあったから養子の話を受けたのだ。

「お父様……あなたを殺した犯人を、必ず見つけてみせますから……」

白悠は膝の上で拳をきつく握り、小さく小さく呟いた。


翌朝、紅蘭はいつも通りの時刻に目を覚ました。

同じ寝台の中には夫の龍淵が横たわっている。彼はいつもこの部屋で紅蘭を腕に閉じ込めて寝たがるが、一線を越えようとはしない。彼が紅蘭に触れたがるのは、紅蘭の傍であれば怨霊が静かにしているからなのだ。彼にとって紅蘭は何より憎い相手であると同時に、何より必要なお守りでもあるのだった。

今日もお守り扱いされて目を覚ました紅蘭は、龍淵を置いて寝台から出た。彼はたいがい遅くまで眠っていて、紅蘭と共に起きることはあまりない。

紅蘭は女官たちに着替えを手伝わせて身支度を終えると、部屋を出て迎えたばかりの息子の部屋へと向かった。

白悠に与えた部屋は紅蘭の居室からほど近く、龍淵の部屋よりも近いくらいだ。

女官たちの案内で部屋に入ると、居住まいをただした白悠がそこに待っていた。

「おはようございます、母上様」

彼はキラキラと光を振りまくような笑顔で紅蘭を迎えた。

「おはよう、白悠」

紅蘭も同じように微笑みを返す。

その光景に、王子のお付き女官となった者たちはほうっとため息を吐き、うっとりと見入る。

「やっぱり志願して正解……」

「激しく同意だわ……」

もはや拝みだしそうな勢いだ。

さて……と紅蘭は考える。

不幸を呼ぶというこの少年を、紅蘭は兄に託された。この三年間、ずっと気がかりだったのだ。

龍淵という夫を迎え、ようやく不幸の正体を突き止められると思ったのに……それが怨霊の仕業でないというのなら、いったいどうしたらいいのだろうと、一晩寝ながら考えた。

そうして目を覚ました時、紅蘭は答えを出していた。この少年が不幸を呼んできたことは確かな事実だ。近づく者を不幸にするというのなら……紅蘭自身が、この少年にとって最も近い人間になればいい。この身に不幸が降りかかれば、その正体を突き止めることもできるだろう。

「昨夜はよく眠れた？　せっかく親子になったのだから、これからはなるべく一緒に過ごしましょう。食事も一緒に取りたいわ。親子三人で、ね？」

決して逆らえぬ絶対的な圧を秘めた優しさで語り掛ける。これに逆らう人間はいない。が――白悠はふるふると首を振った。

「母上様と父上様は、婚礼を上げてまだ間もないのでしょう？　でしたら、僕はお二人の時間を邪魔したくありません。どうかお二人で過ごしてください」

柔らかく、しかしはっきりと断られて紅蘭は目を丸くした。

「気にすることないわ。私、お前と仲良くしたいのよ」

「嬉しいです。だけど、僕は自分の立場を理解できないほど無知な子供じゃありません。僕が出しゃばったりすれば、困る人もいるでしょう？」

悲劇の主人公めいた悲しい笑みが、少年の顔に浮かんでいた。

「へえ……じゃあお前は自分の役割をどういうものだと考えてるの？」

紅蘭の声から自然と甘さが消えていた。

「役割……ですか。いずれ生まれるであろう母上様の子が帝位を継ぐために、力を尽くすこと……と、思っています」

「皇帝になりたいとは思わない？」

「まさか！　とんでもないことです。僕の本当のお父様は、母上様と玉座を争ったのかもしれませんが……僕はそんなつもりありません」

「だけどお前は今、玉座に一番近い場所にいる人間なのよ。そのつもりがないというなら、養子の話を断ってもよかったんじゃない？」

「叔母上にこれ以上迷惑はかけられませんから。ここでもお邪魔にならないよう過ごすつもりです」

「そう……じゃあ、これからよろしくね」

「はい、よろしくお願いします」

白悠はどこまでも無垢な微笑みで紅蘭に答えた。

「お前もここに来たばかりでまだ緊張しているでしょうから、今日はゆっくり過ごしなさい。また来るわね」

紅蘭はそう告げると、白悠の部屋を出て行った。

もと来た道を戻り、自分の部屋に入り、奥の寝室に行くと、龍淵がすでに目を覚まして寝台に横たわったままこちらを見ていた。

紅蘭はしばしその場に立ち尽くし、満足げな吐息を漏らした。

「断られちゃったわ……本当に厄介な子」

向けられた少年の言葉と笑顔を思い出す。まるで——鉄壁だ。圧倒的に絶対的に拒絶された。今まで恐怖や憎悪を向けられたことは数限りなくあるが、こんな風に拒絶されたことはない。

ほんの少しも心を許すことなく、礼儀を守って拒まれた。李紅蘭に近づきたくないと、少年は全身全霊で言っていた。

「……楽しそうにしているな」

龍淵は紅蘭を見て評した。説明がなくとも何があったか察したらしい。

「楽しんでるわけじゃないわよ」

紅蘭はため息を吐いて寝台の端に腰かけた。

「心配だから様子を見に行っただけ。それなのに、なんて警戒心の強い子なのかしら。私が傍にいるのを嫌がっていたみたい」

「あんたに近づきたがるのは馬鹿か変態だけだ」

「きみはどっちかしらね？」

紅蘭は手を伸ばして横たわる龍淵の頰をつつき、そこでふと異変に気付いた。彼の顔色が酷《ひど》く悪い。

「具合が悪そうだわ」

「……さっき生首の残りが入ってきた」

「え？　ここに？」

生首の残りとは、先日龍淵が自分の部屋で喰った生首の怨霊の、喰わなかった残り半分のことだろう。

「私の部屋に入って来るなんて……礼儀のなってない怨霊ね。珍しいこと」

「たまにはいる。それだけ俺に喰われたかったんだろう」

「全部喰ってしまったの？」

「ああ……」

呟いて、気分悪そうに突っ伏した。

「きみ、近頃怨霊を喰いすぎじゃない？　大丈夫なの？」

紅蘭が心配して背中をさすってやると、龍淵は振り向いて紅蘭の腕をつかみ、思い切り引っ張った。何となくそうされるような気がしていたので、紅蘭は抵抗することなく一瞬で寝台に引きずり込まれる。

「腹がへるんだ……」

低く唸るように彼は呟く。紅蘭を抱き寄せ、首筋に顔をうずめると……突然嚙みついてきた。

甘《あま》嚙《が》みなどという可愛いものではない。あまりの痛みに紅蘭は全身を強張らせた。龍淵はなおもぎりぎりと嚙んでいる。

変に動くと喰い千切られる……そう思い、振りほどくことはせず痛みに耐えながら、唇を笑みの形に作る。

「白悠を手なずけるのは大変そうよ。あの子、本当に警戒心が強いみたい」

激痛を無視して、ごく自然に話す。

「あの調子では誰にも心を開かないかもしれないわ。親子になるには時間がかかるでしょうね」

平然と言葉を重ねていると、嚙む力が弱まりゆっくりと彼は顔を上げた。口の端が赤く染まっている。

嚙まれた首に触れると、ぬるっとした手触りがあって指先が濡《ぬ》れた。

「私を喰い殺すつもりだったの？」

「……ああ」

龍淵は空虚な瞳で答えたが、何故か違和感があった。

そうだ……ここ最近ずっとそうだった。彼は紅蘭を殺したいと言い、首を絞める仕草をしたりこうして噛みついてみたり……だが、それは変だ。

龍淵にとって肉体の死はあまり大きな意味を持たない。彼は幼い頃から怨霊に塗《まみ》れて生きてきて、生死の境が曖昧だ。だから龍淵は紅蘭の心を殺したがっていた。なのに……何故肉体を傷つけるようなことをする？　よく考えれば、出会ってから今まで龍淵が自分の意思で紅蘭の体を傷つけたことはない。

「龍淵殿、きみ……本当に私を殺したいと思ってる？」

「……思ってる」

覇気のない声で答えられ、紅蘭はぎゅうっときつく傷口を押さえた。

「だったらこんなこと……こんな生ぬるいことをしてる場合じゃないでしょう」

寝台の上に起き上がり、眉を吊り上げて龍淵を睨み下ろす。

「この程度で斎の女帝を殺せるつもりなの？　やってることが甘いのよ。本気で私を殺したいなら、もっと気合を入れてやりなさいよ！　この世の全部を壊すつもりでかかって来なさい！」

牙をむいて脅すように怒鳴りつける。

「………………ごめん」

ぽつりと言われ、紅蘭は一瞬何が起きたのか理解できなかった。

嘘……彼が謝った……!?

全身に怖気《おぞけ》が走った。とんでもないことが起きてしまったような気がしてならない。

紅蘭が不信感満載に龍淵を見ていると、寝室の外から声がかかった。

「お二人とも、そろそろ喧嘩《けんか》をおやめになってお出ましください」

筆頭女官の暮羽が顔を覗かせる。

「お食事の支度が……」

言いかけて、首筋を血塗れにした紅蘭に気付き、凍りつく。

「紅蘭様！」

暮羽は悲鳴を上げて駆けつけた。紅蘭の首に手を触れ、真《ま》っ蒼《さお》になる。

「血が……！　どうしよう……止まらない……」

紅蘭は興奮していたせいか、もう痛みも感じていなかったので分からなかったが、
嚙まれた傷から流れる血はまだ止まっていないらしかった。

「押さえていればそのうち止まるんじゃないかしら」

紅蘭が血だらけの手で傷を押さえようとすると、暮羽は怖い顔でその手をつかんだ。

「……失礼しますわ」

そう言って、暮羽は紅蘭の首筋に顔を寄せると、傷を舌でなぞった。

ぶり返した痛みとくすぐったさにぞわぞわする。

「すぐに手当ていたしましょう」

暮羽はそう言いながら、寝台に座っている龍淵を見下ろした。今にも相手を嬲《なぶ》り殺してしまいそうな殺意に満ちた瞳。

しかし龍淵は別段狼狽《うろた》えるでもなく、暮羽のすることをただ見ていた。

「さあ、紅蘭様。こちらへ」

暮羽は紅蘭を寝室から出そうと手を引いた。本当ならこの場で座っている方がいいのだろうが、傷を負わせた獣と一緒にしておくなど許せなかったのだろう。

紅蘭は暮羽の思いを汲《く》んで寝室から出た。

触れてみると、傷口の血は止まっている。

去ってゆく紅蘭と暮羽を、龍淵はただ黙って見続けていた。

第二章　奇想天外な親子

それから五日が経《た》った。

「龍淵殿、ちゃんといい子で……私を殺す方法をもっと本気で考えなさいね」

紅蘭はそう言い置いて仕事に向かった。首にはいまだに痛々しく包帯が巻かれていたが、彼女はそれを気にする素振りもない。

残された龍淵は彼女のいなくなった長椅子に寝そべり、目を閉じる。

彼女の部屋は、だいたい静かだ。

絶対的な安全地帯……その場所で、龍淵はいつも怠惰に過ごしている。

贅沢《ぜいたく》な暮らしを与えられ、己の力を何かに役立てることは一切せず、ただ貪るだけの生命。この世で最も無価値な生き物であるかのようなその振る舞いを、しかし龍淵が恥じることはない。

そうして過ごしてきたはずなのに……最近何故か落ち着かない。

酷く寒くて……腹が減る。

喰っても喰ってもその飢えが治まらないのだ。

だからもっと喰わなければ……

衝動に突き動かされてのっそり起き上がった時、奇妙な気配を感じた。

自分の縄張りに何かが入り込んでいるかのような不快感……ただの思い過ごしではなく、確かに何か感じる。

部屋の中を一瞥《いちべつ》し、何もいないことを確かめて外に出る。斎の後宮は馬鹿みたいに広く大勢が働いていて、部屋から一歩出ればたちまち人の群れに出くわした。

仕事中の女官たちは突然現れた龍淵に驚き、緊張の面持ちで距離をとり、恭しく礼をした。いつもであれば彼女たちはここでこっそり顔を上げ、龍淵の容姿を堪能しているところだが、この日は恐怖と怒りをちらつかせた視線を感じた。

龍淵が紅蘭に怪我を負わせたと、みな知っているのだろう。憎まれたところで別段思うことはない。

大勢の視線を浴びながら後宮の中を歩き回ると、そこら中に怨霊が溢《あふ》れている。どれも脆弱《ぜいじゃく》で喰ってもたいした力にはならず、ただ不快なだけである。そういう小物を無視し、腹を満たせる怨霊を探す。

縄張りを荒らす不快感の正体は、おそらく怨霊だ。知らない奴が……強い奴が……この後宮に入ってきたのだ。

それを喰って腹を満たそう……そう決めて歩き回るが目当ての相手は見つからず、途中で見つけたそこそこ強そうな怨霊をつまみ喰いする。

全然足りない……少しも満たされない……それなのに、喰えばいつもの苦痛だけは訪れるのだ。

なぜ自分はこんなことをしているのだろう……目を付けた怨霊を一つ一つ喰らっているうちそんな疑問がわいてくるが、考えたところで答えは見つからない。

もう何匹喰っただろうか……それらが体の中を蠢《うごめ》きまわって吐き気がする。龍淵は気持ち悪さに耐えかねて、渡り廊下の手すりに腰かけた。

目を閉じて、しばらくじっとしていると、足音がしてぴたりと止まった。目を開けると、そこに見覚えのある少年が立っていた。

五日前、紅蘭が養子に迎えた少年、白悠だった。白悠は大きな瞳をまん丸くして龍淵を凝視している。

龍淵は別段少年に声をかけてやる理由もなかったので、黙ったまま見返した。沈黙に苦痛を感じる性質ではない。必要性がなければ日が暮れるまで黙っていただろう。

白悠はしばらく困ったように距離を保って黙っていたが、ふと何かに気付いたように自分の頭を指さした。

「あの……髪が……結い紐が解けていきます」

触ってみると、今朝方紅蘭が結ったはずの髪が乱れて結い紐が落ちかけていた。龍淵は乱雑に髪を掻《か》きまわして結い紐を取り、流れ落ちた髪の煩わしさに顔をしかめた。手のひらで幾度か結い紐を弄びながら考え、困惑気味に佇《たたず》んでいる少年の方にそれを差し出す。

「結べ」

白悠は意味が分からなかったのか、目を白黒させて結い紐と龍淵を交互に見た。

「え……と……ごめんなさい。僕、人の髪を結ったことがないんです」

「俺もない。いいからやれ。邪魔で不快だ」

龍淵は差し出した手を引っ込めなかった。

白悠はますます困った顔をしたが、意を決したように近づいてきた。

「失礼します……」

躊躇《ためら》いがちに結い紐を受け取ると、少年は難しい顔で龍淵の髪に手を触れた。

なるほど確かに本人の言う通り、慣れた手つきではない。どうしたらいいのか迷っているようで、白銀の髪を幾度も握ったり放したり、上にやったり下にやったりしている。

紅蘭の手とは全く違う。彼女の手つきは異常に上手《うま》く、艶《なま》めかしく、心地いい。あれより気持ちいい手を龍淵は他に知らない。

白悠は悪戦苦闘の末にそう言うと、一歩離れて龍淵の姿を眺めた。

「で、できました！」

「すみません……あんまり上手にできませんでした」

あははと苦笑いしている。

「ああ、どうでもいい。邪魔にならなければ」

本当にそれ以外の目的は何一つなかったので、仕上がりの良《よ》し悪《あ》しに文句をつけるつもりはない。

「行っていいぞ」

もう用は済んだとばかりに言い捨てる。しかし白悠は不思議そうに龍淵を見つめ、立ち去ることなく首を傾《かし》げた。

「父上様……寒くないんですか？」

父と呼ぶな――と言うつもりはなかった。父と呼ばれたところで、龍淵が父親になれるわけではない。ただの記号でしかないのだ。呼びたいように勝手に呼べばいい。呼び名一つで心を動かせる人間の単純さは、時に羨ましくすらある。

「……少し寒いかもしれないな」

問われて己を顧みると、かなり薄着だ。おまけにここは渡り廊下で、冷たい冬の外気に晒《さら》されている。しかしその冷たさにさほどの不快は感じなかった。昔から、寒さや暑さや苦痛や快楽を感じにくい体質なのだと思う。それを過敏に感じていたら、たぶんとっくに死んでいる。

それよりさっき喰らった怨霊の感触の方が遥《はる》かに不快で強烈だった。分かっているなら喰わなければいいのに……それ以外で腹を満たす方法がない。

そんなことを考えるが、特に説明する意欲もなく黙っている。すると白悠はますます不思議そうな顔になった。

「あの……父上様は……人間ですか？」

龍淵は一瞬驚き、呆れた。

「さあ……どうだろう」

正直に答える。自分が人間であるという確信を、龍淵は持っていない。紅蘭も、龍淵を獣や虎と呼ぶ。

「人間じゃないんですか？」

今度は少しびっくりしたように聞かれた。

「何故そう思う？」

異質な色の髪や目のせいか、人間離れした美しさのせいか、或《あ》るいはこの身の内に巣くう悍ましいものを感じ取っているのか……そもそも人間の定義とは何だ？

しかし問われた白悠は眉をひそめて俯いて――

「僕を少しも怖がっていないから……」

奇妙なことを言った。最初に会った時はもう少し利発で大人びた印象だったが、今はそれよりいささか幼く見える。

「怖がるも何も、俺はお前に興味がない」

龍淵は端的に答えた。本当に、白悠という少年には興味がない。こうして見ていても、やはり白悠の中にも周りにも怨霊はいないのだ。ただ……血の臭いがする。

すると白悠は驚いたように顔を上げた。

「本当に怖くないんですか？　僕は……周りの人を不幸にするんだそうです。そのことを知ってますか？」

「知っているが、だから何だ？」

するど少年の目が、ムキになった。

「僕の周りで死んだ人が何人もいます」

「ああ、聞いた」

「僕に近づいた人間は必ず怪我をします」

「それも聞いた」

「それでも父上様は僕のことが怖くないんですか？」

少年はしつこく問うてきた。龍淵が黙っていると、その空白に耐えかねたかのように続ける。

「僕は……自分のことが怖いです」

かすれた声が空気を震わせる。

「お前は、自分のせいで人が死んだと思うのか？」

「……分かりません。でも……僕の近くにいた人たちは死にました」

「興味がないな、お前の周りで死んだ人間のことなど」

龍淵はまた言った。

「僕は呪われているのかもしれません」

「そうか。だが、俺以上に呪われている人間など、ここにはいない」

すると白悠は顔を上げてこちらを見た。つぶらな瞳がわずかに輝く。そのまま長いこと彼はキラキラした目で龍淵を見つめ――

「父上様は脩国のお生まれなんですよね？　脩国はどんな国ですか？」

急に何だと龍淵は訝《いぶか》る。

「ただのつまらない国だ」

「どういう風につまらないんですか？」

どういう風につまらない？　何だその質問は。つまらないに種類などあるのか？

「俺にとって価値がないという意味だ」

「どうしてですか？　生まれた国なんでしょう？」

立て続けに問われて龍淵は眉をひそめた。

この少年が何を知りたいのか分からない。ただ、とにかく面倒だなと思った。こっちはさっきから気分が悪いのだ。呑気《のんき》におしゃべりする元気はない。もっとも、元気だったところで話を弾ませようとは思わないが……。

手すりから立ち上がり、部屋に戻ろうと歩き出す。

何も言わずに立ち去ろうとした龍淵を、白悠はすぐに追いかけてきた。咎めるでも問いかけるでもなく、ただ黙ってついてくる。

いったい何なんだ？　本気でわけが分からない。

龍淵はこの少年をまいてしまおうと後宮中を歩き回ったが、どこまで行っても白悠はついてくるのだった。


その日の政務は早めに終わり、紅蘭は夕暮れ時の廊下を足早に歩いて後宮へと帰りついた。

すると、いつもならはしゃいで出迎えてくれる女官たちがいない。こんなことは初めてで、紅蘭はいささか面食らった。

「どうしたんですかね、女官の皆さんは」

後ろについてきていた護衛官の郭義が不可解そうにあたりを見回す。

「まさか……また龍淵殿下が何かしでかしたんじゃ……!?」

「怖いこと言わないでちょうだい」

紅蘭は嫌な予感がしながら急いで自分の部屋に向かった。

龍淵はたいがいそこにいるのだ。

急いでいたので珍しく着物を脱ぎ捨てずに部屋まで戻ると、扉の前に紅蘭付きの女官たちがぞろり集まっているではないか。

一体何事だと、ますます嫌な予感がする。

「きゃ！　お帰りなさいませ紅蘭様！」

一番後ろにいた女官がようやく主の帰還に気付き、口元を押さえながら小声の悲鳴を上げた。

「ご主人様のお出迎えもできないなんて、いけない子たち。いったい何をしてるのかしら？」

紅蘭は心配を表に出さず、嫣然と微笑んだ。女官たちは全員振り向き、おたおたあたふたし始める。妙に目が血走っていて、湯気が出んばかりに上気している。

「いえ、その……ああ……お許しください。あまりに美しい光景を目の当たりにして、卑賤《ひせん》な私たちはこの場を離れられなくなってしまい……」

「そう、さながら炎に引き寄せられる羽虫のごとく……」

「心臓が止まりそう……」

「鼻血出そう……」

彼女たちの興奮ぶりに、紅蘭はぴんときた。

たちまち左右に分かれて道を作った女官たちの間を通り、紅蘭は部屋の中へと足を踏み入れた。

そこにある光景を見て一瞬目を丸くし、次いでふっと笑ってしまう。

ちらと後ろに目をやれば、入り口から覗く女官たちが全員口の前に指を立て、しーっと怖い顔をしている。

紅蘭はまた前を向いた。

長椅子に龍淵が座り、肘掛けにもたれて目を閉じている。そしてその隣に座る白悠が、龍淵に縋ってすやすやと眠っていた。

「紅蘭様！　どうかお二人の隣に！」

女官たちが背後から空気のような声で叫ぶ。

いや、隣に行かせてどうしようと？

「三人一緒なんてめったにお目にかかれないんですから！」

目をギラギラさせながら、女官たちはまた叫んだ。

紅蘭は呆れながら彼女たちに向かってひらっと手を振った。女官たちは一瞬でその意味を察し、ざざっと勢いよく入り口から離れる。

しんと静まり返った部屋の中で、紅蘭は腕を組み、夫と息子を眺めた。

確かにこれは……なかなかに可愛いかもしれない……が、いったいぜんたいどうしてこういう状況に？　鉄壁の微笑みで紅蘭を拒んだ少年が、こんなにも無防備な姿を見せるとは……何やら悔しさのようなものが込み上げてくる。

紅蘭が無言で唸っていると、龍淵が静かに目を覚ました。

「ただいま、龍淵殿」

「……おかえり、紅蘭」

寝ぼけた声で迎えられ、紅蘭は彼に手を伸ばした。

龍淵はその手を取ろうとして——自分にもたれかかっている少年に気付いたらしかった。わずかに眉をひそめ、白悠の肩を押す。白悠はうーんと唸って目をこすりながら起きた。

「あれ……ごめんなさい、父上様。僕眠ってしまって……」

恥ずかしそうに体を起こしかけたその時、少年は目の前に紅蘭が立っていることに気付いた。はっと顔を上げ、目を合わせたその瞬間——強烈な火花が散ったような感覚があった。白悠の瞳に、ありありと恐怖と憎悪の色が浮かんだ。その眼差《まなざ》しははっきりと紅蘭に据えられている。

しかし次の瞬間、白悠はすぐに目を伏せてしまった。浮かんでいたどす黒い感情は綺麗に仕舞われ、少年は聡明《そうめい》で無垢な微笑みを見せた。

「勝手に入ってすみません、母上様。父上様とお話しするのがとても楽しくて」

「いいのよ、好きなだけここにいなさい」

口の端から思わず笑みが零れてしまう。

やっと見つけた……頑《かたく》なに心を閉ざす少年の、内側に隠れているもの……それは極悪女帝に対する恐怖と憎悪。けれど、何故だ？　紅蘭は彼に会ったことがない。紅蘭が知っているのは彼の父親である俊悠だけだ。

この憎悪は、もしや紅蘭と俊悠の関係に起因している……？

兄の俊悠は、紅蘭と玉座を争っていた。争うに値しない小物な兄たちの中、長兄の俊悠だけは紅蘭と争う力があった。強く、愉快で、優しい男だった。故に紅蘭は、兄たちの中で俊悠にだけは敬意を払っていたのだ。紅蘭にとって俊悠は、最も親しく最も敵対した兄だった。

しかし兄は事故で命を落とし、紅蘭が即位した。兄の息子である白悠にとって、紅蘭は父が死んだのをいいことに玉座を手に入れた敵であろう。幼稚な発想で、無念の死を遂げた父の仇《かたき》を……と考えてもおかしくはないし、あるいは父が即位していれば自分がその跡を継いだはずなのに……と思ってもおかしくない。

どちらにせよ、彼が紅蘭を憎んでいると分かったことは僥倖《ぎようこう》だ。なにせその悪名を天下に轟《とどろ》かす極悪女帝である。人に憎まれることにはどれほど慣れていることか……

しかし白悠はその感情を綺麗に隠してにこにこと笑っている。

「お座りになってください、母上様」

立ち上がって席を勧めてくる。

紅蘭は龍淵の隣に座り、白悠を見上げた。

「二人ともずいぶん仲良くなったみたいね」

「父上様が気遣って僕と遊んでくださっただけです」

「彼は気難しいでしょう？」

「そんなことありません。泰然自若としていて立派な方だと思いますよ」

「泰然自若……」

その言葉を繰り返し、紅蘭は思わず吹き出してしまった。体を前に折ってくっくと笑う。これほど不安定な男のどこをどう見たらそんな言葉が出てくるのか……

「そういえば母上様、怪我の具合はどうですか？　まだ痛みますか？」

白悠は紅蘭の包帯を見て、心配そうに聞いてきた。

「これ？　もう平気よ。全然痛くないわ」

「ならよかった。急に噛みついてくるなんて……危ないですね」

「ええ、お前も気を付けてね」

「馬に噛まれてしまったんでしょう？　僕も気を付けます」

「……馬？」

興味なさそうに沈黙していた龍淵が、眉をひそめて呟いた。

「ええ、そうよ。馬に噛まれてしまったの」

言いながら首をさすってみせると、馬呼ばわりされた龍淵はますます眉間のしわを深くした。

「あんたが不注意だったんじゃないのか？」

意外と気に食わなかったらしく、彼はそんな風に乗ってくる。

「躾《しつけ》のなってない馬っているのよ」

「躾《しつ》けた人間が無能だったんだろう」

声が険を帯びる。

「あの……お二人とも、どうなさったんですか？　僕、変なことを言ってしまいましたか？」

白悠がおろおろと割って入った。

「いいえ、気にしないで。私は馬が可愛いのよ。だけど、馬って言葉が通じないでしょう？　だから時々、暴走したりするの」

言いながら、少し楽しくなってきた。どうして嚙まれたのか、未《いま》だに理由は判明していない。龍淵がどういう反応をするのか見てみたかった。

「馬はきっと、私が嫌いだったんだと思うわ」

すると龍淵の気配が変わった。隣に座る紅蘭をはっきりと見て、冷ややかに言う。

「俺はあんたが憎いだけで、嫌った覚えはない」

「それって、きみの中ではそんなに違うの？」

「……あんたはそんなに馬鹿だったか？」

声が更に低くなる。二人の間に流れる空気はびりびりと険しいものになっていく。

「ちょっと……落ち着いてください、二人とも……」

白悠が不安そうに遮ろうとする。それでも龍淵は止まらない。

「俺があんたを嫌って嚙んだとでも思うのか？　あんたはそれほど頭の悪い女だったか？　だったら俺は、ずいぶんとあんたを買いかぶっていたんだろう」

「父上様……そういう言い方は……」

「人を愛せない人間が、どうしてあんたを嫌いになれると思うんだ？」

「なるほど、それもそうね」

「あんたは俺の飼い主面をしているが、存外何も分かっていないな」

「きみを理解できる人間なんて、残念ながらこの世にはいないわ」

「母上様……お願いですから……」

「あらあら、あんただけは理解できると思っていた俺が愚かだった」

「あらあら、自分をそんなまともな人間だと思っちゃいけないわ」

「二人とも……いいかげんに……」

「そうなったのは誰のせいだか分かっているのか？」

「もちろん私の……」

「いいかげんにしてください!!」

部屋を震わす大音声《だいおんじょう》で、白悠が怒鳴った。

紅蘭と龍淵は同時にびっくりして口も体も停止した。

白悠はぜーはー息をしながら真っ赤な顔でこちらを睨んでいる。

「みんな怖がってるでしょうが！　これ以上喧嘩するんじゃない！」

と、入り口を指すので見てみれば、去ったはずの女官たちが恐る恐る覗きこんでいるのだった。

「母上様！　あなたねえ、怖いんですよ！　圧が強い！　自分が怒り一つで人の首を刎ね飛ばしてしまえる立場だってこと、分かってますよね？　だったら周りを怖がらせるようなことはやめてください！」

　びしっと顔を指さされ、紅蘭はこくりと頷いた。

「父上様！　あなたが母上様を噛んだんですか？　馬鹿じゃないんですか！　人を噛んだりしちゃいけません！　あなたが変な人なのは別にいいです。だけど、人を傷つけちゃダメだ！」

　同じく顔を指された龍淵は、無言で停止したままだ。

　白悠は両手を腰に当てて大きくため息を吐く。

「僕はあなた方の本当の子供じゃない。だから別に平気です。目の前でこんな光景を見せられても、うるさいなあで終わりです。だけど……自分たちの本当の子どもが生まれたらどうします？　やることやってれば、いつできたっておかしくないんですから。その子の前でも同じことをするつもりですか？　仮にも父と母を名乗るなら、自分より弱い人間の前で喧嘩なんかするな！」

　じろりじろりと交互に二人を睨みつける。

「分かりましたか？」

「…………あはははは！」

　紅蘭はしばし呆然《ぼうぜん》としていたが、たまらず笑い出してしまった。

「お前……俊悠兄上のこともそんな風に怒ってたの？」

くっくと笑いながら聞くと、白悠は突然正気に戻ったかの如《ごと》く青ざめ——次いで真っ赤になった。

「すみません……出過ぎたことを言いました」

ぷいっときびすを返し、逃げるように部屋から出て行く。

見守っていた女官たちが何故か拍手で見送った。

「まさかお二人に物申せる人がいるなんて……」

「極悪女帝と変態殿下を止められる人間なんてこの世にはいないと思ってたのに！」

「びっくりですわ。どれだけ修行を積めばあんな境地に……」

女官たちは尊敬のまなざしをいつまでも少年の後ろ姿に注いでいた。


「ああ……びっくりした。叱られるなんて何年ぶりかしら」

紅蘭は本気で驚いていた。女官たちは満足したのか各々持ち場に戻っている。物見遊山気分とはいい度胸だ。

そして現在、部屋の中には紅蘭と龍淵の二人きりだった。

「あんたの護衛官にそう言ってやったら泣くんじゃないか？」

龍淵はいささか疲れたように言った。

「郭義？　あれは怒ったり嘆いたり文句を言ってるだけで、叱ってるわけじゃないから……」

女官も臣下も紅蘭を恐れ敬うばかりで、あんな風に叱ることはない。

「きみは？　叱られるのってどれくらいぶりだった？」

「……さあな。俺の周りの人間はいつも俺を恐れていたし、あんたは俺を甘やかすし、ここの女官たちは少し変だし……俺を叱る人間なんて……」

誰かを思い出すような目をする。その先に続く言葉を、紅蘭は想像した。ただ一人龍淵を恐れなかったという彼の兄のことを……

「ようやく白悠が心を開いてきたってことなのかしら？　ちょっと、想定外の開き方だったけど……」

紅蘭は何も気づかなかったことにして話を続けた。

「それにしてもきみ、あの子をどうやって手なずけたの？」

一緒に寝ていた姿を思い出す。猫が寄り添って眠っているのかと思った。

「さあな。なんだか知らないがついてきた」

「きみは子供に好かれる性質？」

「……考えたことがないな。年齢という概念にあまり意味を感じない」

生と死の境すら曖昧なのだから無理もなかろう。

「まあ、これ以上叱られたくないから、謝っておくわ。面白がって挑発してごめんなさいね」

「……あんた面白がってたのか」

「きみが感情をぶつけてくるのが楽しくなって……」

口元を押さえて笑みを隠す。

「そんなものの何が楽しいのか理解できないな。俺があんたにぶつける感情なんて憎しみくらいのものだ」

「ええ、きみは人を愛するような感情なんか持っていなくて、人を嫌うこともできない。あるのは憎しみ一つだけ。それは私に向けられている。そうよね？」

紅蘭は改めて確認した。ここのところ少しおかしい……腹を空《す》かしてばかりのこの獣に、お互いがどういう存在であるかを改めて自覚させようとして……

「ああ……そうだよ」

龍淵は無感情に同意した。そして……紅蘭の首に手を伸ばしてくる。首筋に触れ、何故かそこに巻かれた包帯を解き始めた。

紅蘭が止めずに成り行きを見守っていると、あらわになった首筋にそっと指を這わせる。そこには無残な歯形がついていて、一面紫と青の斑《まだら》になっていた。

人の肉をここまで嚙めるのもすごいものだと、紅蘭は鏡を見て思ったくらいだ。

龍淵は自分の歯形を何度も何度も指先でなぞっている。

「あんたのせいで樹晏《じゅあん》は死んだ……俺はあんたのせいで今の俺になってしまった……あんたのせいで今もずっと苦しんでいる……あんたのことを百万回でも殺してやりたい……そのはずなんだ……」

傷口に爪を立てられ、思わず顔をしかめる。治り切っていない傷口から再び血が出るのではないかと思う。しかし……その痛み以上に、彼の言葉が不穏だった。

樹晏とは、龍淵の兄の名だ。紅蘭の誕生がきっかけで殺され、そして怨霊になり、龍淵に喰われた最初の男……そのせいで、彼は今の彼になった。

紅蘭は緊張感が全身を満たしてゆくのを感じた。

そんな分かり切ったことを、どうして今更口にする必要がある……？

思わず両手を伸ばし、龍淵の頭を抱き寄せた。

吐息が首筋にかかり、ぞっとする。龍淵の牙が傷口に近くにある。また同じところを噛まれたら……前以上の痛みを想像してしまう。

しかし龍淵はじっと動かずにいた。

「私を殺したいなら、もっと上手にやってね。つまらないやり口を見せたりしないで。私が泣きわめいて絶望するような殺意を見せてちょうだい」

よしよしと撫でてやる。およそ言葉と行為が噛み合っていないことが、緊張感と相まって何やら可笑《おか》しくなってくる。

しばらくそうしていると、龍淵の体が突然強張り、彼は紅蘭を突き放した。

「どうかした？」

「……嫌な感じがする……気持ちが悪い」

そう言われ、彼の最近の行動を思い返して紅蘭は眉をひそめる。

「怨霊を喰いすぎたの？」

それなら自分が触れていた方が落ち着くはずだが……

「きみ、最近喰いすぎだわ。いくらお腹《なか》が空いてるからって……」

「……喰った奴じゃない。後宮に異物が紛れ込んだ気配がする」

「何ですって？」

紅蘭はぴたりと動きを止めて辺りの様子をうかがった。しかし、何も感じない。当然のことだ。龍淵が感じている世界は……見ている世界は……紅蘭と違う。他の誰とも共有することのない異常な世界に彼は生きている。

「今朝もこれと同じ嫌な感じがした。探しても見つからなかったが……そいつが今、近くにいる」

「怨霊？」

「……ああ」

「この部屋にいる？」

「いや……あんたの部屋には何もいない。外だ」

「外……」

紅蘭は立ち上がって、勢いよく窓を開けた。

暗闇に目を凝らす。しかしそこにはもちろん、何も見えない。

「何かいる？」

振り返って確認すると、龍淵は首を振った。

「消えた」

「そう……いったい何がいたのかしら……」

「さあ……ただ、俺が今までに見たこともないような得体の知れない何かだ」

その言葉に紅蘭はぞくりとする。

龍淵が見たことのないようなもの……？　生まれた頃から数多《あまた》の怨霊を見続けてきた彼が……？　それはいったい……どんな化け物だ……？

その時ふと、何故だか白悠の目を思い出した。ほんの一瞬心の中を映したあの目を。

あの少年は紅蘭を憎んでいる……紅蘭を憎み、不幸を呼ぶ少年……彼とその得体の知れない気配は、何か関わりがあるのではないか……何故かそう思い、そのことを口にしようとして……しかし言葉は出てこなかった。

龍淵に……紅蘭を殺したいと本気で思っているこの男に……そのことを伝えるのは酷く危うい行為なのではないか……そんな気がした。

例えばその怨霊と白悠が繋がっているとしたら……白悠の憎悪に従って紅蘭の命を狙ったりしたら……？

龍淵がどんな反応を見せるのか想像がつかない。怒るのか……笑うのか……それすらも分からないのだ。

思わず苦い笑みがこぼれた。

「知らなかったわ……分からないものがあるって、怖いことなのね……」

「何の冗談だ？　今更あんたが怨霊を怖がるとはな」

「違うわよ、怨霊よりもっと怖いものがこの世にはあるんだわ」

それは例えば今すぐ自分の喉元を喰い千切るかもしれない獣だ。それは例えば引き取ったばかりの養子に何をするか分からない父親だ。

「あの子が運んでくる不幸というのは、どれくらい怖いのかしらね」

そう呟いて、紅蘭は窓を閉めた。

第三章　とある平和な家族の偶像

斎帝国の宮廷は、立法・司法・行政・祭事を司《つかさど》る四省と、軍事・人事・財政・土木を行う四部、および監察を担う御史台《ぎょしだい》から成り立っている。

四省四部の長は大臣と称され莫大な権力を有するが、中でも現在最も力を持っているのは、行政機関尚書省《しょうしょしょう》の長にして、女帝李紅蘭の育ての親でもある尚書令柳瑛義《えいぎ》。

彼は若い女帝のため、信頼に足る側近の育成を図ろうと考え、試験で優秀な成績を収めた若者を特別に集め、侍従見習いとした。

女帝李紅蘭が夫を迎えて数か月、侍従見習いの一人である陸九禅《りくくぜん》はたいそう調子に乗っていた。

貴族の家系に生まれ、何不自由なく育ち、試験も上位で合格。女帝の側近となるべく侍従見習いに任命され、前途洋々といった風情である。

自分はいずれこの国の頂点に立つだろう。頂点は皇帝？　馬鹿げている。極悪女帝などと呼ばれてはいるが、所詮女だ。何を恐れる必要がある。血筋だけで玉座に座った女より、自分の方が遥かに優れている。いずれはこの名が史書に記されるだろう。

ふふふふ……と、九禅は怪しく笑いながら宮廷の廊下を歩いていた。

「九禅、後宮の噂を知っているか？」

共に歩いていた侍従見習い仲間の一人がそんなことを聞いてくる。十人ほどが連なって歩いているところだった。九禅はふんと鼻を鳴らした。

「噂なんぞ知るか。くだらん。そういうのは女どもに任せておけ」

「まあそう言うな。お前も興味があるはずだ。あの噂……陛下が白悠殿下を養子に迎えたというのは本当らしいぞ」

「本当か!?」

「だから本当だと言っている」

呆れた顔の同僚に、九禅は大きく頷いた。

「まあ悪い話じゃないな。白悠殿下は俊悠殿下のご子息だ。今の陛下が子を産んで跡を継ぐよりよっぽどいいじゃないか。正統な血筋という感じがする。俺は初めから、女帝なんてものは好かなかったんだ」

「僕は美しい貴婦人に仕えるのも楽しいと思うけどね」

別の同僚が口を挟んできた。

「美しいならなおさら表に出るべきじゃない。着飾って家の奥にいればいいんだ」

「気持ちは分かるよ。私も女帝に仕えるというのは気が乗らないな」

「確かにそうだなあ……柳大臣はだから俺たちを集めたんだろうさ」

「女帝陛下をお飾りにして、俺たちに斎帝国の明日を託そうとしてくださっているんだろうぜ」

同僚たちは様々な意見を飛び交わせる。そして一人が言った。

「だが、正統な養子を迎えたんなら数年の間に代替わりすることもあるんじゃないか？　そうなれば俺たちは白悠陛下の側近になれる」

「確かにそうかもしれないな」

九禅は同僚の言葉に同意する。それはなかなかいい話だ。しかし別の同僚がまた違う意見を投げてきた。

「いやいや、それは考えが甘いかもしれないぞ。後宮の女官たちに聞いたんだが、陛下は輿入れしてきたご夫君をたいそう気に入って毎晩侍らせているそうだ」

「よくそんな話聞きだしたな」

「女性は秘密を集団で共有して守ろうとする生き物だからね」

「つまり口が軽いとお前は言いたいんだろ」

九禅は苦々しく吐き捨てた。女のそういうところが嫌いだ。

「まあ聞けよ。つまり陛下はいつ懐妊してもおかしくないということさ。そうなれば、きっと自分の子を世継ぎにしたいと考えるだろう。白悠殿下はお役御免だ」

「勝手な話だな」

九禅は腹立たしげに息を吐いた。女帝は気に入らない。だが……その女帝の後宮に収まってのうのうと暮らしている属国の王子というのが、それ以上に気に食わない。

「なんでも大陸一の美貌だという噂だ」

「馬鹿馬鹿しい！　男がそんなものを武器にするなんて恥ずかしくないのか。俺は絶対そんな生き方なんぞしたくないね。自分の才覚で上り詰めてこそ男だろう」

九禅がそう言った時、目の前の曲がり角から人が出てきた。

若い男と、幼い少年だ。

「父上様！　ダメですってば！　勝手に後宮から出たりしたら怒られます！　早く戻りましょう！」

少年が男の袖をぐいぐいと引っ張るが、男はまるで意に介さない。

「ここは後宮よりも少ないな……」

「父上様に骨抜きにされて僕らを通してしまった警備の衛士も怒られます！」

「奴の気配はしないが……」

「人の話聞けってば!!」

少年は目を吊り上げて怒鳴った。

その様子を、九禅たちはその場に立ち尽くして眺めていた。

男はしどけない私服で適当に髪を結い、私邸を散策しているかのような様子だ。

見たこともない白銀の髪に、金の光を宿した赤い瞳。そして、異常な美貌。

これは……何だ……？　本当に人間か……？

「龍淵殿下じゃありませんか！　こんなところで何を!?」

女官から情報を持ってきた同僚が、男に向かってそう叫んだ。

龍淵……？　女帝の夫の名前ではないか。この男が……？

「……あなたが龍淵殿下ですか？　こんなところに出てくるのは感心しませんね。後宮の寝台でおとなしく陛下を待っていた方がいい」

九禅は攻撃的な感情のままに言っていた。

そこで初めて龍淵はこちらに気付いたというように振り向いた。

深紅の瞳を向けられて、ぞくりとする。周りの同僚たちも同じように目を奪われていて、言葉どころか息も止まったように静かだ。

そんな中、一瞬険しい顔をした少年が愛らしく笑ってみせた。

「みなさんの邪魔をしてしまってすみません。僕たちはすぐに帰ります」

少年の健気《けなげ》な言葉を受け、九禅の胸にほんの少し罪悪感が湧いた。しかし、自分は間違っていないという信念のようなものが、九禅に謝罪の言葉を吐かせなかった。

「ほら、父上様。戻りますよ」

少年は龍淵の袖を再び引く。しかし、龍淵は何故か九禅の顔をじっと見ていて動こうとしなかった。深紅の瞳に見入られ、九禅も動けない。

龍淵はこちらに向かって近づいてきた。

「お前はなかなか美味《うま》そうだ……」

そう呟き、手を伸ばしてくる。

「な、何を……」

「ちょっとこっちに来い」

短く命じられ、全身が痺《しび》れたような感じがした。自分が今、何をされようとしているのか分からない。

龍淵は九禅の腕をつかんだ。火箸を当てられたような気がして、思わず振り払う。

ばくばくと心臓が痛いほどに鼓動し始める。

体中を恐怖が駆け巡る。幼い頃から親や周りや世間の手で刻まれてきた頑強な何かが、へし折られそうになっている。

「いいから来い」

龍淵はもう一度そう言うと、再度九禅の腕をつかんできた。

だめだ……逆らえない……

足元がふわふわして力が入らない。引きずられるまま、ついていきそうになる。

ダメだ……ダメだ……誰か止めてくれ……！

九禅が抵抗する術もなく引きずられてゆき、近くの部屋に連れ込まれそうになったその時——

「こら、龍淵殿。やめなさい」

艶《あで》やかな声がその場に響き渡った。

龍淵はぴたりと動きを止め、振り返る。そこに一人の女が立っていた。その姿を見て、一同はすぐさま礼を取る。女は斎の女帝李紅蘭だった。

「きみたちが後宮からいなくなったと女官が慌てて知らせて来たわ。あまりみんなを困らせないで」

軽やかな足取りで彼女は歩いてくる。龍淵は不満そうな顔をしたが、仕方ないといった様子で九禅を解放した。そして、何かを追うように明後日《あさって》の方へ視線を送る。

「逃げられたか……」

わけの分からないことを呟く。

九禅は腰が抜け、その場にへなへなと座り込んでしまう。紅蘭は苦笑して、九禅の目の前にしゃがんだ。初めて間近に彼女を見た。今までは遠くから見ることしか許されなかった女帝が目の前にいる。

「大丈夫だった？　陸九禅」

「!?　私の名を……」

近づいたこともない自分の存在を知っていたことに、九禅は動揺する。

紅蘭はくすっと妖艶に微笑んだ。

「瑛義が戯れに集めた者たちではあるけれど、お前たちには期待している。その度胸を買って、お前を私の寝台で待たせてやってもいい」

艶めかしい声にぞっとする。

聞かれて……いた……？　いったいどこから……

下手なことを口にしたら今すぐ首を刎ねられてしまうのではないか……そんな恐怖が全身を縛り上げた。どんな大官を前にしても感じたことのない強烈な圧に呑《の》みこまれ、呼吸すらできなくなる。

この人のことを……自分はさっき何と言った……？

「ふふ、冗談よ。私は彼以外の夫を持とうとは思わない。だからお前は、私にその才覚を捧《ささ》げなさい。必要なのはそれ一つよ。余計なことを言う舌は切り落としておくといい」

「……ひっ……申しわけ……」

「私は何も聞いていないわ」

かすれ声で絞り出した九禅の謝罪を、紅蘭は途中で切り捨てた。それ以上何も言えなくなる。

「良く励みなさい」

そう言って、紅蘭は立ち上がった。

「さあ、帰りましょう」

龍淵と少年を連れてその場を去ってゆく。

九禅はへたり込んだまま立てずにいた。

ずっと守ってきた……ずっと信じてきた……自分の中の頑強な信念のようなものが……今、折れた。

この世には、支配者になるため生まれてきた人間が確かに存在するのだ。


「きみたちねえ……自分の立場を分かってる？」

紅蘭は夫と息子を後宮に連行しながら言った。

「すみません、母上様」

白悠がしおらしく謝罪する。

「外に出たければ、私が連れて行ってあげるわ」

思いついてそう提案してみると、白悠はにこっと笑って龍淵の後ろに下がった。

「いえ、ご迷惑になりますから」

「人ひとり歩いたくらいで迷惑にはならないだろう」

しれっと言う龍淵に、白悠は目を吊り上げる。

「父上様は少しくらい反省してください！」

「のこのこついてきたくせによく言う」

「うるさいな！　父上様を放っておけなかったからじゃないですか！」

なんだか……私への態度と違わない……？　紅蘭はじろりと背後を睨みつけた。

後ろをついて歩いている夫と息子はこちらの気も知らず呑気にしている。

少しばかり腹が立った。

人を籠絡《ろうらく》するのは得意なのだが……どうもこの二人に関しては思い通りにならない。

「白悠は、俊悠兄上ともそんな風に仲良くしてたのかしら？」

あの兄も、思い通りに動かしづらい人だった。

すると白悠はぴたりと足を止めた。

「……母上様は俊悠お父様と仲が良かったと聞いています」

龍淵の陰に半分隠れ、少しばかり声を低めて言う。

「ええ、私と兄上は仲が良かったわ」

「だったらどうして……」

「何？」

「いえ……何でもありません」

そこで白悠は口を閉ざした。力なく龍淵の服の裾を握り、とぼとぼとついてくる。

紅蘭はそれを見ていて、この少年を揺さぶってみたくなった。

「白悠、私はね……兄たちの中で俊悠兄上が一番好きだった。そして……一番嫌いだったわ」

危うい笑みを浮かべてみせると、白悠は大きく目を見開いて驚愕《きょうがく》の表情になった。

「酒が好きで、女が好きで、生きることを何より楽しんでいた、馬鹿で賢くて扱いづらい俊悠兄上……私はね、私の思い通りにならない人間が嫌いなの」

本心を、告げる。

「私たちは、互いに信念を持っていた。そのために、自分こそが帝位を継ぐべきだと考えていたわ」

「……お父様はそんな野心家じゃありませんでした。都じゃなくて、北の領地に住んでいたし……」

「そうね、先帝に嫌われて、北の城に追いやられていたわ。だけど俊悠兄上を世継ぎに推す者は多かったし、兄上自身も自分がそうなるべきだと思ってた。兄上は国を大きくすることに批判的で、帝国を強大なものにしたい私とは正反対だったのよ。だから……私たちは話し合ったの」

「……何をですか？」

「お互いに殺し合って決めましょう……って」

紅蘭は怪しく微笑んでみせた。

白悠は青ざめて、それ以上何も言葉を発することはなかった。


「父上様、おはようございます」

爽やかな朝日が差し込む部屋に、愛らしい顔立ちの少年が入ってくる。

白悠だ。彼がここに来て半月が経っているが、この少年は毎日龍淵が一人でいるところを狙って現れる。

この日の龍淵は紅蘭の部屋の長椅子にごろりと横たわり、怠惰で優雅な猫のように過ごしていた。

白悠はとことこ近づいてくると、龍淵の近くに椅子を持ってきて座った。

「母上様はもう表に出られたんですね。今日はおとなしくしているようにと、さっききつく言われてしまいました」

「自業自得だ」

龍淵は寝そべったまま言った。

「はあ!? 嘘でしょ！　昨日のあれは、父上様が勝手に出て行こうとするから、僕は心配してついていったんじゃないですか」

「だから自業自得だ。ついてこなければよかっただけの話だろう。見つかれば咎められることは分かるはずだ」

なのにどうして、この少年は……

「どうしてお前は俺に近づく？」

「近づいちゃいけませんか？」

「質問に質問で返すのは、頭の悪い人間か性格の悪い人間の所業だと思うが……お前はどっちだ？」

するとと白悠はぱしぱし目を瞬いて、

「前者だと思います」

にっこり笑った。なるほど、これは紅蘭が気に入るはずだと龍淵は思った。

「昨日みたいに父上様が勝手に後宮を出ないよう見張ってるんですよ」

「俺は誰の指図も受けない。好きな時に好きなように喰わせてもらう」

龍淵は横たわったまま言う。白悠は不可解そうに首を捻った。

「また母上様に怒られますよ？」

「怒ればいい。何の問題もない」

「怖くないんですか？」

「怖いよ」

あっさりと言われ、白悠は面食らった様子だ。考えをまとめるように指を宙で左右に動かし、ぴっと一本立ててみせる。

「それはつまり……父上様はそういう趣味をお持ちだという……あれですか？」

「お前は何を言っているんだ？」

「すみません。邪推でした」

手を膝に下ろし、姿勢を正す。白悠が口を閉じてしまうと、室内はしんと静まり返った。そのまましばしの時が過ぎ、白悠は重たくなった口を再び開いた。

「父上様から見て……母上様はどんな人ですか？」

唐突な質問だった。

どういう意図の質問だろうか……分からなかったが、拒むほどの問いでもなかったので龍淵はのそりと起き上がり、長椅子に座って率直に答えた。

「あれはただの極悪女帝だ」

白悠の顔がたちまち強張る。

「……やはり母上様は悪い人なんですか？」

「善良な人間に極悪なんて名前が付くものか」

また正直に答える。

「父上様は……母上様がお嫌いなんですか？」

白悠は緊張の面持ちで聞いてきた。

「……嫌いなわけじゃない。憎いだけだ」

正直すぎるその答えに、白悠の体がびくりと震えるのが分かった。

少年はそのまましばし固まり、ゆっくり解凍すると再び口を開いた。

「昨日……母上様が言ったことを覚えてますか？」

「どの話だ？」

「母上様は、僕の本当のお父様を嫌っていたと……」

「ああ、言ってたな」

珍しい話だ。彼女が人を明確に嫌うというのは、本当に珍しい。龍淵が把握している限りでは、父であった先帝に対して嫌悪の情を抱いていたはずだが……

「僕の……本当のお父様は……死にました」

白悠はそう続け、ごくりと唾を呑みこんだ。

「ああ、事故だったんだろう？」

「……いいえ、事故じゃありません。お父様は……殺されたんです」

「そうか」

と、龍淵はどうでもよさそうに答えた。実際、どうでもよかった。薄情となじられてもおかしくない冷たさだったが、何故か白悠はほっとした顔になった。

「お父様は酒に酔ってうっかり池に落ちて死んだと言われてますが……三年前、僕はお父様が殺されるところを見ていました。お父様が、今日は特別な客人が来ると言って……見に行ったら、怖い顔をした知らない男が……お父様を池に沈めていて……僕は怖くて隠れました」

「そうか」

と、龍淵はまたしてもどうでもよさそうに……

「お父様が特別な客人と呼ぶのは、いつも同じ人からのお使者だったんです」

そこで初めて、龍淵はぴくりと耳をそばだてた。

白悠は顔を上げ、龍淵の顔を真っすぐに見た。

「お父様の特別な客人というのは、母上様……李紅蘭様のお使者のことなんです。お父様は紅蘭様と仲が良かった。いつも親しくやり取りをしていた。あの日も……そうだったんです」

龍淵は何も答えず、その言葉の意味を吟味した。

この少年の言葉が本当ならば、白悠の父は紅蘭の使者を客として招き、その男に殺された……ということだ。それは言うまでもなく、紅蘭が命じた……ということだ。

「父上様……僕は本当のことが知りたいんです。李紅蘭様がお父様を殺したのか……本当のことを知りたいんです。ここに来れば、あの時の男が見つかるかもしれないと思って……」

白悠は思いつめたように拳を握り固めて俯いた。

紅蘭の命令に従って敵の首を落としてきた男……一人だけ知っている。死神と呼ばれる紅蘭の護衛官。そして……紅蘭が兄のように愛する男だ。

あの男ならば、紅蘭の敵を躊躇いなく殺しただろう。そういえば、ここ数日顔を見ていない……

「……その男が見つかったらどうする？　その男と、紅蘭を、お前はどうする？」

すると白悠は表情を凍らせ、無理やり笑おうとして……変に顔が歪《ゆが》んだ。

ずっと可愛らしく笑っていた少年の仮面のような笑みが剝がれ落ちた。

「僕は……ああよかった……って、思ってしまうかもしれません……」

白悠の声が震えた。龍淵は、何故だか酷く縋られているような気がした。今までの人生で、人に執着されることはあっても誰かに縋られたことはない。人は愚かに見えても思いのほか賢明で、龍淵に縋れば地獄に落ちると知っている。なのに、何故かこの少年が、今自分に縋りついてきているように思えた。人一倍小賢《こざか》しく見えるこの少年が……

「どうしてそう思う？」

いつもなら聞かないようなことを聞いていた。

すると白悠は、龍淵の赤い瞳をじっと見つめ返してきた。

「僕のせいで死んだんじゃないって思えるから……」

懺悔《ざんげ》するように言う。

「……僕がお母様のお腹にいた時、お父様の側室が死んだそうです。僕を身籠もったお母様を祝いに来てくれた帰りだったそうです。その側室も身籠もっていて、お腹には僕のお兄様だかお姉様だかがいたそうです。次に死んだのはお母様です。僕が二歳の頃でした。ある朝急に首を吊っていたんだそうです。その頃お母様は毎晩酷く魘《うな》されていて、何かに呪われているんじゃないかって言われてたそうです。次に死んだのは僕の乳母です。僕が四歳の時、石段から落ちて……。僕をとっても可愛がってくれていた優しい人だった。僕は彼女が大好きでした。次に死んだのは乳母の娘です。僕は五歳だった。とても仲が良くて、おままごとで結婚の約束をしたり……だけど、病気で死んでしまった」

そこで白悠は一度口を閉ざした。無表情でしばし停止し、また口を開く。

「僕に近づいた人間は不幸になる……僕は不幸を呼ぶんです。僕の世話をしていた女官も、護衛官も、先生も……みんな原因不明の事故に遭って怪我をした……。この間の洪水の時も、僕に近づいた人はみんな怪我を……。だからせめて……お父様だけでも僕のせいで死んだんじゃないって思えたら、少しは楽になれる気がする……。本当は犯人を見つけて仇を取ることを考えなくちゃいけないのに……犯人が憎くて仕方ないはずなのに……そんなことばかり考えてしまうんです。僕は……卑怯《ひきょう》ですか？」

泣きそうに歪んだ顔で聞かれ、龍淵は一考し——

「ああ、卑怯だ」

短く断言した。とたん、白悠はピシッと固まる。

「だが、俺はお前が卑怯であるか誠実であるかに興味がない。お前が人殺しだろうが聖人だろうがどうでもいい。だから……お前の長話を聞かされても特に感想はない」

更に断言。白悠は眼をまん丸くしたまま更に固まり——

「父上様……」

「何だ」

「父上様は、変な人って言われませんか？」

何やら脱力した様子で無礼なことを聞いてくる。

「変な人と言われたことはないな」

正直にそう答えてやると、白悠は唸るように考え——

「父上様は、面倒な人って言われませんか？」

「……それはよく言われるな」

「あ、やっぱり」

彼は無礼にもぽんと手を叩いた。納得するように幾度か頷き、ふと思いつめるように考え込み——

「……父上様は、母上様を悪人だと思っているんですよね？」

探るような上目遣いで聞いてくる。

「だったら……お父様を殺した犯人が本当に母上様なのか……調べるのを手伝ってくれませんか？」

思いつめた真剣な顔で、白悠はそんなことを言い出した。

「断る。何故俺がそんな面倒事を……」

「お願いします！」

白悠は身を乗り出して懇願してくる。

「……どうしてお前はそんなことを俺に頼むんだ。何故俺に懐く」

心底理解できずに龍淵は聞き返した。

ここには他にいくらでも人間がいる。なのに何故……

縋るような白悠の瞳を、龍淵はじっと見つめ返す。ひたすら真っすぐ、じーっと見つめて思案していると、白悠は気まずさゆえか頬を赤く染めて俯いた。

「僕は父上様のことを何も知りません。だけど、父上様は……僕よりずっと呪われている人のような気がしたんです。二度目に会ったあの時にそう感じたんです。この人は……僕が傍にいても不幸にならない人だって……」

「俺は呪われているように見えるか？」

「……自分の悩みが酷くちっぽけなものに思えて、一緒にいると安心します」

肯定の形に見えない明らかな肯定だった。

異常に敏《さと》い少年だなと龍淵は感心した。龍淵の本質を、ここまで的確に察知できる人間は稀《まれ》だ。怨霊が見える性質ではないようだが……それにこの、血の臭い……

この少年への関心が少しだけ湧いた。

「分かった、力を貸そう。お前の父を殺したかもしれない男に会わせてやる」

そう言って、龍淵は立ち上がった。

紅蘭の兄を殺した犯人……それを知りたいと、龍淵自身も思い始めていた。

その日の昼下がり――

「お帰りなさいませ、紅蘭様」

この日の政務は早く終わったらしく、後宮の自室に戻って来た主をお付き女官の暮羽は恭しく出迎えた。

一日の中で、暮羽が最も大切にしている瞬間だ。激務を終えて帰って来た主に安らいでもらうべく出迎えるこの瞬間が――

「ただいま」

紅蘭は暮羽の頬に軽く触れて微笑んだ。

暮羽は嬉しそうに微笑み返す。

「あら、龍淵殿は？」

いつも待っているはずの龍淵は、この日紅蘭の部屋にいなかった。さっきまで白悠とこの部屋にいたはずだが、どこかに行ってしまったのだ。

紅蘭に異常な執着心を見せている彼とは思えない行動だった。

「白悠様と一緒にいらっしゃったのですけど……」

暮羽が頬を押さえて小首をかしげると、紅蘭は勢いよく長椅子に突っ伏した。

「はあ……どうしてあの子は私に懐いてくれないのかしら……」

悩ましい吐息と共に呟く。

「極悪女帝の名に慄《おのの》いているのでは？」

暮羽はううんと唸りながら答えた。すると紅蘭は艶めかしい視線を投げてよこした。

「ええ、この世の人間はみな私の名を恐れるわ。だけど、私が微笑みかけて籠絡できなかった人間などいないわよ」

ゆっくり起き上がりながら足を組む。いつものごとく薄絹一枚だったので、裾から白い足が覗く。

「いけませんわ、紅蘭様。狼《おおかみ》がどこで狙っているか分からないのですからね。その美しい足を仕舞ってくださいませ」

怒った顔を作り、暮羽は主に駆け寄ってささっと衣の裾を掻き合わせた。こんな姿を人に見られてはならない。だというのに、紅蘭は平気な顔をしている。

「お前にならば、見られても構わないわよ」

「まあ、紅蘭様ってば……あなたという御方《おかた》は本当に……残酷な方ですわ」

いつも小綺麗《こぎれい》に整えている暮羽の表情が、にわかに曇った。

「あら、何のこと？　どうしたの？　いつもみたいに笑ってちょうだい？」

紅蘭の細い指が柔らかく伸びてきて、暮羽の頬に触れた。瞬間、灼熱《しゃくねつ》の塊が触れたような気がした。全身に溶岩のような熱い血が巡る。

何て優しく残酷な極悪女帝……

多くの女官を誑して、依存させて、自分なしでは生きられないように仕立て上げて、るのだ。

彼女に仕える者はみな、どれほど残酷なことをされても逆らわないし、捨てられたら死んでしまうだろう。そんな女たちの中で、自分が一番歪なのだと暮羽は知っているのだ。


いや……自分が一番歪だと……それゆえ役に立てると……誇っていたのに……

だけど今は……自分以上に歪な人間が紅蘭の傍にいる。

王龍淵……彼女が認めた彼女の夫。

怨霊を喰らう男なのだと話に聞いた。馬鹿げた話だ。怨霊などいるわけがない。だが、それでも紅蘭の言うことならば暮羽は全て信じる。

ただ美しいだけの男ならよかったのに……それなら紅蘭はさして彼を必要とはしなかっただろうに……歪で異常であるがゆえ、龍淵は紅蘭に必要とされることだろう。

自分より歪で、自分より必要とされている……

そして何より許せないのが……

「暮羽、顔が怖いわ。何を考えてるの？」

紅蘭の甘い声が、暮羽の思考を現実に引きずり戻した。

「……あなたのことを考えていましたわ」

「そう？　嬉しいこと。お前はね、私のことだけ考えていればいいわ」

そう言って、紅蘭はまた暮羽の頬を撫でた。その熱に頭の芯が焼かれる。

「ええ……私はあなたの身体をお守りすることだけ考えています。あなたの口に入るものは何でも毒見をして、怪我をなされば治療する。あなたの健康を維持すること、それが私の役目です」

それなのに……

紅蘭の首にはいまだに包帯が巻かれている。その下には酷い噛み傷が残っている。自分が大切に守ってきたこの身体を……あの男は傷つけた。そのことが何よりも許せない。

あんな男はいっそのこと……

「暮羽」

名を呼ばれてびくりとする。

「お前の気持ち、分かってるわ」

紅蘭は優しく微笑みながら言った。

本当に心の中を覗かれたような気がしてぞっとする。

「いつも私の身体を気遣ってくれてありがとう。私の身体は、全てお前に任せるわ。今までもこれからも、ずっとよ」

透き通るような声が頭の芯を穿《うが》つ。

全身が甘い快感で震えた。

死ぬなら今がいい……ふとそう思うが、それではダメだと思い直す。この人の身体を守る者がいなくなる。

「はい……生涯お守りします」

それだけ言うのが精いっぱいだった。

紅蘭は満足そうに微笑んでいる。

この人はきっと……暮羽の心のうちなど全部知っているのだろう。

それでも暮羽は、無様な己を晒して彼女に仕え続けるのだ。


同じ頃——後宮の一角を、一人の護衛官が歩いていた。

柳郭義。紅蘭が最も頼りにする大臣の息子であり、紅蘭の命を守る護衛官だ。

その日の役目を終え、郭義は衛士の詰所に戻るところだったのだが……

とある部屋の前を通ったところで横から袖を引かれた。

「ん？　何だ？」

驚いて振り向くと、調度品を仕舞う部屋の扉が半分開いて、そこから一人の男が顔を覗かせていた。

「うげぇ！　龍淵殿下！」

思わず心からの声が零れる。

「お、お久しぶりです……風邪ひいてしばらく出られなかったんで……」

何故か言い訳めいたことを言ってしまう。

龍淵はそんな郭義をじろりと見やり、親指を後ろに向けて入れという仕草をした。

「それじゃあ失礼します」

そう言って、郭義は部屋に入る——ことはなく、立ち去ろうとする。

「待て」

美麗な声がはっきりと呼び止めてきた。

「……何なんです？」

「ちょっと来い」

「ぜってえ嫌です」

「いいから入れ」

「嫌だっつってんでしょうが！」

「入れ」

静かに……どこまでも静かに彼は命じてくる。何故か、全身からぶわっと汗が噴き出した。

こんな優男を捻るのは簡単なことなのに……何故か、逆らえない。

これはヤバい……絶対ヤバい……！　今すぐ背を向けて逃げるべきだ！

しかし郭義はふらふらと引き寄せられるように部屋へと入ってしまう。

「な、何の用ですか？」

警戒して距離をとりつつ聞く。以前もこうやって部屋に引きずり込まれたことがある。その時の記憶がよみがえり、ひいっと悲鳴を上げそうになる。

救いを求めて部屋を見回すと、奥に一人の少年が立っていた。

龍淵は少年の方を向いて、

「お前が見たのはこの男か？」

そう聞いた。

愛らしい顔立ちの少年は、緊張した面持ちで郭義を凝視し――ぶんぶんと力いっぱい首を振った。

「違います。こんな人相の悪い感じじゃなかった。知らない人です」

「……そうか。お前、もう消えていいぞ」

龍淵はわけが分からない郭義に向かって冷たく言い捨てる。

「いや……おい！　何なんだ！　人相悪くて悪かったな！」

「これは紅蘭の息子だ。こいつが紅蘭を父の仇と疑っている」

は？　何を言ってるんだ？　と思ったが、よくよく考えてみる。もしや少し前に紅蘭が養子に迎えた白悠王子？　彼の父というのは、紅蘭と玉座を争った俊悠殿下のことか？　志半ばで事故死した俊悠殿下。彼の息子である白悠王子が、紅蘭を俊悠殿下の仇と疑っているのか？

「ええと……父親が皇位争いに負けた腹いせ……ってことですか？」

「今の説明だけでよく理解できたな」

龍淵は偉そうに褒めてくる。理解できないと思っていたなら、もっとちゃんと説明しやがれ！

「だが、それだけの話じゃない。白悠は、紅蘭が父を殺したと疑っている」

「はあ⁉　何だと？　そんなことがあるわけないだろ！」

とんでもないことを言われて、郭義は度肝を抜かれた。

「紅蘭様と俊悠殿下は仲が良かった。他の兄たちならいざ知らず、紅蘭様が俊悠殿下を殺すなんてことは………………あるかもな」

急に疑いが湧く。

いや、ありえる。十分ありえる。極悪女帝李紅蘭なら、兄を殺すなど朝飯前だ。

「だが、俊悠殿下は事故で亡くなったんだろう？　確か、池に落ちて……」

「僕はお父様を殺した犯人を見たんです！」

思いつめた顔をしている少年――白悠が叫んだ。

「あなたじゃなかった。もっと怖い……鬼のような男でした。血まみれの父上を池に沈めて……」

「俺より人相悪くなくて鬼みたいな男って……どんなんだよ」

思わず突っ込んでしまう。その男に紅蘭が命じたと……？　そんな男には心当たりがないが……

「で？　犯人が紅蘭様だったらどうするんです？」

郭義はふと一番大切なところに思い至り、聞いた。

「まさか復讐《ふくしゅう》でも考えてるんですか？　やめてくださいよ。そんなことになったら、俺があなたの首を刎ねなくちゃならなくなる」

こんな子供の首を斬りたくなんかない。馬鹿なことは考えないで欲しい。

「復讐……とかじゃないです。ただ僕は、本当のことを知りたいだけなんです」

白悠は真摯な瞳で訴えてくる。

こういう目で迫られると弱い。郭義はがしがしと頭を掻いて、腹を括《くく》った。

「分かりました。紅蘭様に聞いてきてあげますよ」

「……え？」

白悠がたちまちきょとんとする。

「聞くって……なんて？」

「そりゃ、俊悠殿下を殺しましたかって」

その答えに、白悠は目を剥《む》いた。

「そんなの正直に答えるわけないじゃないですか！」

「いや、紅蘭様は俺に嘘なんか……めちゃくちゃ吐きますが……まあとりあえず聞いてみますよ」

今まで散々吐かれた嘘を思い出して頬を引きつらせながらも、郭義はそう言った。

その時——

「みぃーつけた……」

異様に低くおどろおどろしい声が室内に響き、全員がびくりとする。振り向くと、扉の隙間から紅蘭が顔を覗かせていた。

「いったいどこにいるのかと思えば、こんなところに隠れてたのね？　男の子が集まって、何の悪巧み？」

からかうように聞きながら入ってくる。

「びっ……くりした……紅蘭様、ちょうどよかった。ちょっと聞きたいことがあるんですが……紅蘭様って、俊悠殿下を殺しました？」

郭義は直球で聞いた。

「ばっ……いきなり何を聞いてるんですか！」

白悠が喚《わめ》く。え、いま馬鹿って言おうとした……？　可愛い顔して案外……

その様子を見て、紅蘭ははーんという顔をした。ちょっと考え、薄く笑い、

「どう答えてほしい？」

そう聞き返してくる。その態度を見て、郭義は直感的に分かった。

「ああ、これは殺してないですね」

だてに二十年付き合っていない。一度は本気で妹と思っていて……今でも密《ひそ》かに妹と思っている相手だ。これくらいは分かる。

「え、そう……なんですか？」

「きみたち、そんなこと話し合ってたの？」

紅蘭は苦笑しながら白悠の目の前にしゃがんだ。

「確かに私と俊悠兄上は、玉座を争って殺し合う約束もしたわ。だけど……私はできなかったの。私はね、俊悠兄上に負けたのよ。お前に嘘は吐かないわ。私はね、この世でお前にだけは誠実でありたいと思ってる」

真剣な顔をする。

「……すみません、母上様」

白悠はそう言い、にこっと笑った。

「僕が浅はかでした。母上様を信じます。母上様は俊悠お父様と仲が良かった。殺したりなんか……するはずないですよね」

愛らしい微笑みを浮かべた白悠の頬を、紅蘭は優しく撫でる。

郭義はその光景を見てほっと胸を撫で下ろし、これで問題は片付いたと思った。

そして――その夜、異変は起きた。

第四章　顔のない化け物

「紅蘭様！　紅蘭様！　大変ですわ！　お助けください！」

翌朝――日が昇って間もない頃、女官たちが紅蘭の部屋に飛び込んできた。

奥の寝室で寝ていた紅蘭は驚いて目を覚ました。

「いったい何事？」

覚醒しきらない頭をどうにか働かせて問いただす。

「ば、化け物が！　恐ろしい化け物が現れたんです！」

女官たちはそう言うと、紅蘭の寝台に縋りついてわんわん泣き出した。順番に顔を確かめると、彼女たちは全員白悠付きの女官だった。

「化け物ですって？　どういうこと？」

紅蘭は面食らいながら振り返る。寝台の中には、この非常事態にも目を覚ますことなく眠り込んでいる龍淵の姿があった。

紅蘭の問いに、女官たちの一人――白悠付きの筆頭女官である鈴明が話し始めた。

「深夜のことですわ。私、その……ええと……そう、そうですわ！　用を足すために部屋を出たんですの。ええ、ちょっとばかり尿意をもよおしまして……本当ですわ。決して寂しくなってお妃《きさき》様の寝室を覗きに行こうなんて不埒《ふらち》なことを考えたわけではなく、本当に本当に尿意だったんですの！」

うら若い娘が尿意尿意言うのはやめろ。

「そうしましたら、廊下の途中に変な白い塊が落ちていたんです」

鈴明はぶるっと身震いした。

「私、いったい何かしらと思って……近づいたら……」

そこで唾を呑みこみ、かたかたと震えだす。

「人間……だったんです」

「人間？　白い服を着た人間？」

「いえ……いいえ！　あれは人間じゃありませんでしたわ！」

鈴明はまた興奮し始めた。恐怖に支配された目で紅蘭に縋る。

「人の形をしていたんです！　だけど、人間じゃありませんでしたわ！　一目見て分かったんです！　人間じゃない何かだって！」

「分かったわ、大丈夫よ。それは人間の形をしてたのね？　男？　女？」

「……わ、分かりませんわ……どんな格好をしていたのかも……よく分からないんです。ただ、人の形をしているということしか……」

どういうことだろう？　人の形をしているのに、格好も性別も分からないとは？

紅蘭は訝りながらも落ち着いて話を進めた。

「それでお前はどうしたの？」

「私、怖くて……逃げ出したんです。そうしたら、それが追いかけてきて……必死に逃げて……でも、追いつかれて足をつかまれてしまって……それをどうにか振り切って部屋まで逃げたんです。それで、やっと追いかけてこなくなって……」

「怖い夢を見たのかもしれないわね」

「いいえ！　夢なんかじゃありませんわ！　だって、これ……」

鈴明は必死の形相で、自分の衣の裾を持ち上げた。そこからのぞいた足を見て、紅蘭はぎょっとする。

彼女の足には、誰かに摑まれたような手の形の痣《あざ》が黒々と刻まれていた。

「私一人じゃないんです。他にも二人、同じような化け物に襲われて腕や足をつかまれて、こんな痣が……」

「怖いですわ。お助けください、紅蘭様！」

ぽろぽろと涙を零す女官たちをなだめるため、紅蘭は寝台の端に腰かけて鈴明の手を握った。

「大丈夫よ。怖いものは私がちゃーんと退治してあげるわ。だからその痣をよくみせてちょうだい」

微笑みかけると、鈴明はぽーっとなって泣きやんだ。

「……恥ずかしいですわ」

照れながら膝が覗くくらい裾を高々と持ち上げる。そこまで見せなくてもいい。

紅蘭は身を屈《かが》めて痣を凝視する。不吉な黒い手形を……

「これは……まさか……」

紅蘭が唸ったその時、隣で寝ていたはずの龍淵が起き上がった。

無感情に女官たちを見やり、寝台から下りると彼女たちの前にしゃがみこんだ。

女官たちはびっくりして後ずさりしようとして——しかし龍淵は彼女たちが逃げる前に痣のある鈴明の足をつかんだ。

「きゃあ！」

悲鳴を上げた鈴明の足を無遠慮に持ち上げ、手の形をした痣に指を這わす。

鈴明は両手で口を押さえ、真っ赤になって息を止めた。

「お前……呪われたな」

龍淵は小さく呟いた。

「え？　あの……」

「お前の部屋はどこだ？」

「え!?　そんな……いけませんわ、紅蘭様という御方がありながら私に夜這《よば》いをかけようだなんて……西の池の前の部屋です」

頬を朱に染めてあっさり口を割る。困惑する鈴明の足を放り投げるように放し、龍淵は立ち上がると無言で部屋を出て行った。

「待って！　龍淵殿！」

紅蘭は急いで彼の後を追いかけた。

「ねえ、あれはまさか……」

「怨霊だ」

龍淵は短く答えた。

「きみ、あの女官たちと淫らな行為でもしたの？」

「何の話だ？」

「女官たちにも怨霊が見えたということでしょ？　きみと繋がらなければ見えないはずでしょ？」

龍淵が女官や衛士に手を出しまくっているのは知っているが、それはあくまで彼らにとりついた怨霊を喰らうためだ。それ以外の目的で手を出したというなら見過ごすわけにはいかない。

紅蘭には後宮の秩序を守る責務があるのだ。いたいけな……変態でいたいけな女官たちを誑かすなどもってのほか。彼女らが本気になってしまったらどうするというのだ。龍淵が彼女たちに本気になることはありえないというのに……

きつく咎めると、彼は振り返りもせずに鼻で笑った。

「全ての怨霊が人の目に触れないなら、どうしてこの世に多くの怪談が残っていると思うんだ。常人の目に見える怨霊もいるに決まってるだろ」

言われてみれば……確かにそうだ。自分の心配が杞憂《きゆう》だったことに安堵する。

「つまり、そういう……常人の目に見える怨霊がこの後宮にいるということ？」

「そういうことだ。ずいぶん強そうだからな……腹の足しにしておく」

彼は怨霊を積極的に喰らう。それは彼に苦痛をもたらすが、その力が真に危険な怨霊から身を守るには必要なのだ。

「私も行くわ」

「あんたが来たところで……」

「何の役にも立たない？　けれどね、この後宮で私が好きに歩けない場所なんて一つもないのよ」

高慢ぶってみせる。きみのことが心配だ……と言ったところで、彼は受け入れないだろうから。

「好きにしろ」

冷たく言い放ち、龍淵は女官の部屋の前にたどり着いた。部屋の前をぐるりと見回している。

「いるの？」

「……いや、いない」

そう言いながら、ある一点を凝視した。

「何かあった？」

紅蘭は問いかけながら彼の視線を追い、背後の壁を見て――仰天した。

「これは……何？」

壁一面に……廊下にも壁にも天井にも……黒い手形がびっしりと付いている。

くだらない悪戯のようでいて、人の仕業とはとても思えぬ猟奇性があった。

龍淵と繋がっていないのに、それは確かに見えている。

「怨霊の呪いだ。あの女を獲物に定めたんだろう」

「困るわ、あれは白悠の筆頭女官に任命した子よ。殺させるわけにはいかないわ」

「怨霊の本体を喰えば解決することだ」

「どこにいるか分かる？」

「……近くにはいないな」

「……これは……白悠と関係があるのかしら？」

　紅蘭は眉をひそめて考えた。

　人を不幸にするという少年……その筆頭女官が怨霊に呪われた。何の関わりもないと断じてしまうには、あまりにも……

「どうだろうな、そもそもこの後宮は怨霊の巣窟だ。だがこの感じは……最近現れたあの得体が知れない化け物の気配だな」

「きみが喰おうとして捜してた？」

「ああ……見たことがない類の怨霊だ。あれは喰っておきたい……」

　不意に龍淵の赤い瞳が、妖しい黄金の光を帯びた。その危うさにぞくりとする。何故かふと、紅蘭は不安になった。

「どうしてそんなに怨霊を喰うの？」

「喰わなければ女官たちがどうなるか分からないが、それでいいのか？」

「そうじゃないわ。ただ、最近食べすぎなのよ。まるで仔犬《こいぬ》だわ」

　喰らう量を必要最小限に止《とど》めるべきではないのかと、心配になる。しかし……

「……腹が減るんだ」

「それは怨霊を喰う苦痛に勝るものだというの？」

　人の心は理解できても、獣の心は理解できない。

彼を理解できる人間など、この世には存在しないだろう。

「必要なものを、必要なぶん喰っているだけだ」

ただ淡々と言うその言葉は、異常なほどに悍ましく聞こえる。

急に恐ろしい想像が沸きあがった。

これだけ喰い散らかした怨霊を使えば……恐ろしいことができてしまうのではないか……何か明確な目的をもって、彼はこの行為を行っているのではないか……

「そんなに喰って、何に使うつもり？」

紅蘭は努めて気軽に、知らない装飾品の使い方でも聞くかのごとく尋ねる。

「別に何も……ただ喰っているだけだ」

「……何をするつもり？」

再び問うた声音は硬さを帯びる。

「俺が怖い？」

「……そうね、怖いわ」

人を……何かを怖いと思う日が来るなんて思わなかった。けれど確かに、紅蘭は彼を怖いと思っている。

「きみがもし、この国でよからぬことを企《たくら》んでいるのなら……」

その時、紅蘭に向き直っていた龍淵が、突然何かに気付いて勢いよく横を向いた。

「どうしたの？」

言いながら紅蘭も彼の視線の先を追い──息を止めた。

りぃん……と、鈴の音が聞こえる。

足枷《あしかせ》をはめられ鎖に繋がれた少女が、こちらに向かって歩いてくる。

黒髪に黒い衣を纏った漆黒の少女……

「由羅《ゆら》姫……」

それは先帝の妹にして、紅蘭の実の母でもある怨霊だった。強い未練と恨みを抱いて死に、今でもこの後宮に囚《とら》われ続けている、強く悍ましい怨霊……

紅蘭の目にはまだ龍淵の能力が伝染していて、確かに由羅姫を捉えている。

まさか彼女が、手形の主か……？

紅蘭が警戒して彼女を見据えていると、

『こんにちは』

由羅姫はにこっと笑って言った。

「由羅姫……あなたしゃべれるのね」

思わず紅蘭は呟く。以前会った時は、夢の中以外でしゃべっていなかったが……

『今は……ね』

「……私に何か用事？」

紅蘭が小首をかしげて尋ねると、由羅姫は小さくかぶりを振った。

『あなたに用事があるわけじゃないわ。今日はね、あなたのお婿さんにお願い事があってきたのよ』

目線を投げてよこされた龍淵は、わずかに表情を険しくした。

「何だ？」

『この後宮に、恐ろしい怨霊が入り込んでしまったわ。あなたの力で、その怨霊を追い払ってほしいの』

「……どうして自分でやらない？　お前ならたいがいの怨霊は始末できるだろう？」

冷ややかに問う。しかし由羅姫はまた首を振った。

『嫌よ……私はやりたくない。絶対に嫌。だからあなたにお願いしたいの』

「……それはどんな怨霊だ？　どういう姿をしている？」

龍淵は由羅姫の願いを聞き入れるような質問をした。そのことに紅蘭は驚く。龍淵は由羅姫のことも憎んでいたはずだが……

由羅姫は少し思案し、また首を振る。

『……分からないわ』

分からない――？　それは、女官の口からも出てきた言葉だ。

『正体が分からないの。人の形をしているのに、顔も、性別も、何も分からない化け物なのよ。私はもう、この世でやるべきことは何もないわ。ただ平穏に過ごしたいだけなのに……あれがいると秩序が乱れる』

怨霊に秩序……とは？

紅蘭の頭には様々な疑問が湧くが、龍淵は淡々としたものだった。

「そいつはどこにいた？」

『白悠の周りをうろついてるわ』

「え？　やっぱり白悠は怨霊にとりつかれてるの？」

紅蘭は思わず身を乗り出して聞いていた。そしてすぐさま龍淵を見上げる。彼は別段感情を見せることなく否定する。

「あいつは怨霊にとりつかれていない。それは事実だ」

「けど、あの子は血の臭いがするときみが言ったわ」

「……そういう人間は時々いる」

「私は何も感じないわよ」

「それはあんたが強くて鈍感だからだ」

「きみにだけ分かる臭いということは、やっぱり怨霊と関わりがある臭いなの？」

「……さあな」

はぐらかされた。答えを知っていて誤魔化したのだとはっきり分かった。こういう時、彼は決して口を割らない。

紅蘭は彼の真意を問うという非効率的な方法を、早々に放棄した。

「まあどちらでもいいわ。とにかく白悠の近くに怨霊がいるということでしょ？　どんな化け物だか知らないけれど、常人の目にも見える怨霊だと言うなら都合がいいわ。目撃情報も多くなる。たとえ怨霊であっても、この後宮で私の許可なく自由に振る舞うことを許された人間など一人もいないということを教えてあげましょう」

極悪女帝の顔をしてみせる。

「龍淵殿、怨霊を捕まえるの手伝ってちょうだい。もちろんちゃんと、ご褒美をあげるから」

紅蘭がいつものようにそう言うと、龍淵は少し考え、

「……あんたが来る必要はない。俺が一人で喰ってくる」

そっけなく答えた。

「でも強い怨霊なんでしょう？　喰ったら具合が悪くなるわよ？　私が傍にいた方がいいわ。触っていれば楽になるんだから」

いつもそうしている。龍淵が怨霊を喰った後は……いや、そうじゃなくても彼はいつだって紅蘭にくっついてくるのだ。

「……いらない」

彼は何故か頑なに言う。

いったいぜんたいどういうこと……？

混乱する紅蘭に向けて、龍淵は更に言った。

「俺は今日限り、あんたに触るのをやめる」

説明されて、紅蘭はぽんと手を打つ。

「ああ、なるほど。そういう意味ね………………え？　は？　何ですって？」

数拍おいて彼の言葉が頭に浸み込むと——完全に動転した。

「ちょっと待って、聞き間違い？」

「あんたに触るのをやめると言った」

「…………何故!?」

「釣り合わなくなった」

「いや、何が!?」

頭の血管が奇妙にどくどくどく脈打っている。

どうして急にそんなことを言うのか理解できない。

もう触るのをやめる？　触りたくないということ？　いや……そもそもどうして、
自分はこんなに動揺しているのか……

「じゃあ、化け物を捜してくる」

無感情にそう告げると、狼狽《ろうばい》する紅蘭を置いて、龍淵は後宮を探索するべく歩き出した。

その後ろ姿を追いかけることが……何故だか紅蘭はできなかった。

その日の深夜のこと——

龍淵が後宮の廊下を一人歩き回っていた。

辺りに目を凝らし、注意深く探りながらひたすら歩き続けている。

宣言通り一人で化け物を捜しているのだろう。

そして十字路に差し掛かった時、彼はぴたりと足を止めた。左右の通路から、ちょうど人が出てきたのである。

右からは紅蘭の筆頭女官である暮羽が、左からは紅蘭の護衛官である郭義が、偶然にというか、ちょうどよくというか、間が悪くというか……鉢合わせしたのだ。

龍淵、暮羽、郭義は、十字路の交点にしばし佇んでいたが、暮羽が一つ息を吐いて可憐な笑みを浮かべてみせた。

「仕事が終わりましたので、ちょうど自分の部屋に戻るところだったんです。偶然ですわね」

「ああ、俺もちょうど仕事の交代時刻で……今日はなんだか空気が悪いですね。暮羽殿も気を付けて部屋に戻ってくださいよ」

郭義が応じた。

龍淵だけは何も言わない。そんな龍淵を、暮羽が探るような目で見上げた。

「ところで……聞きましたわ。女官たちが化け物に襲われたと言って大騒ぎしているようです。紅蘭様がその化け物を退治してくださるとおっしゃっていますが……その紅蘭様のお手伝いを断ったそうですわね」

口角を上げてはいるが、目は笑っていない。

「……お前には何の関係もないことだ」

龍淵の返事はそっけない。柔らかな心の持ち主ならそれだけで潰れてしまうほど薄情だった。

「あら……いいえ、関係ありますわ。紅蘭様の憂いを払い、いつも健康で清々《すがすが》しくいていただくことが私の存在意義ですもの。あなたも紅蘭様の婿君なら、紅蘭様のために存在して然《しか》るべきです。何故紅蘭様に服従しないのですか？」

「俺は誰の指図も受けるつもりはないからだ」

「ならばここから出て行けばいい。ここに居座りたいのならせめて服従なさって。そのくらいは子供でも理解できることです。なのに何故心変わりを？」

暮羽はずっと笑顔のままだったが、薄皮の下は少しも笑っていないことがありありと分かる。

「……何故……」

龍淵はいささか不思議そうに呟いた。少し考えるようなそぶりを見せ――

「俺は……彼女を愛していないから……？」

ぽつりと零すように言った。

「はあ⁉　てめえふざけんな！　殺すぞ！」

仰天して怒鳴ったのは郭義だ。今にもつかみかかりそうになっている。

暮羽も愕然《がくぜん》として口元を覆っている。

「何てことでしょう……紅蘭様のように美しく煽情的《せんじょうてき》な女神を妻にしていながら、その魅力に籠絡されないだなんて……ありえませんわ！」

紅蘭に忠実な女官と護衛官が驚き呆れる中――もう一人啞然としてその様子を見ている人間がいた。

話題の当人、李紅蘭である。

化け物を捜しに行くと言ったきり戻ってこない龍淵がどうしても気にかかり、捜し回ってこの現場を見つけたのだった。柱の陰に隠れて成り行きを見守っていると、謎の諍《いさか》いが始まったのである。

龍淵の言葉を聞いて、紅蘭も酷く狼狽えた。

彼が触りたくないと言ったのは、それが理由……？　龍淵が自分を愛していないなんて……そんな……そんな今更な理由で拒まれたとは夢にも思わなかった。嘘じゃないのかと疑うくらいだ。

柱の陰からこっそり顔を出して凝視する。龍淵の顔はいつもと同じく美しく、何を考えているか分からない。

彼はまた考えるそぶりを見せて再び口を開いた。

「俺は……脩の後宮で毎日朝から晩まで犯されて穢《けが》され続けて育ったから、人を愛するという感覚は分からない」

この男は何を言い出すのだと紅蘭は慌てた。そんなことを言い出したら……

「やめろ馬鹿野郎！　自分をそんな風に言うんじゃねえ！」

郭義が瞬く間に激昂《げっこう》した。

ほら……やっぱりこうなる。紅蘭ははらはらしながら成り行きを見守る。

これはまずい……郭義にこういう話題は鬼門だ。

郭義は龍淵の過去を知って以来、彼に対して同情心と罪悪感を持っている。郭義はおそらく……いや、間違いなく龍淵が嫌いだが、たぶんいざという時には彼の味方をしてしまう程度には憐れみを抱いている。

そして一方暮羽は——

「ああ……そんなこと……その程度のこと……くだらない」

冷ややかに断じた。

ああ！　やっぱりこうなった！　紅蘭はひやひやしながら成り行きを見守る。

暮羽にとってもこういう話題は鬼門だ。

そもそも初めからずっと、紅蘭は案じていたのだ。龍淵と暮羽の関係を……。

「だからだったんですね……私、最初からあなたのことは嫌いでしたわ。ようやく理由が分かりました。不幸な生い立ちが何です？　それがどうして紅蘭様を傷つける言い訳になると？　自分に正当性があると本気でお思いなら、あなたは紅蘭様に相応《ふさわ》しくない。ここは紅蘭様をお支えする者が集う場所です。不幸自慢は他所《よそ》でなさって」

酷薄に切り捨てられた龍淵は、全身を凍らせて彫像のように佇んでいる。

これは……まずい。これ以上悪化して本気の殺し合いになる前に止めなければ……

紅蘭が飛び出そうとしたその時、

「いや、逆でしょう」

郭義が龍淵と暮羽の間を裂くように腕を突き出した。

「お二人とも勘違いしちゃいけません。こういう面倒な人だから、紅蘭様は龍淵殿下を気に入ったんでしょう」

龍淵と暮羽は同時に怪訝な顔をする。

「龍淵殿下は厄介で面倒な変態です。周りにいる人間は一人残らず迷惑をこうむる。かくいう俺も被害者です。恐ろしい体験をたくさんさせられました」

郭義はぶるっと身震いする。怨霊を目の当たりにしたこと……ではなく、彼が個人的にされたことを言っているのかもしれない。

「そして、暮羽殿、あなたも言っちゃあなんですが……相当厄介で面倒な変態ですからね？」

「ええ!? ひ、酷いですわ、郭義様！　私のどこが変態なんですか！」

突然変態扱いされた暮羽は真っ赤になって怒り出した。ぽかすかと郭義の腕を叩く。

「いや、あえて説明はしませんけど……でも、ご安心ください。紅蘭様がこの後宮に集めた者たちは全員しっかり変態ですから。俺は違いますけどね」

ちゃっかり自分のことだけは擁護する。

「李紅蘭ってお人はね……子どもの頃から何でもできた。全て思い通りになってきた。叶えられなかったことは何もない。だから……思い通りにならないものが楽しくて仕方ないんですよ。あの人はね、普通を超える変態の……さらに上にいる、異常者ですからね」

なんだと！　紅蘭はあんぐり口を開けて停止してしまった。誰が異常者だ！

「あんなのはまともな人間ができることじゃない。異常すぎて……あの人にさえ従っておけばそれでいいんじゃないかと錯覚させるほどの異常者ですよ。魅入られれば強烈に依存して、何も考えない従順な人形になっちまう。だから——」

郭義は龍淵と暮羽を順に指さす。

「あの人に呑みこまれないくらいの強度を持つ変態じゃないと、ずっと傍にはいられない。あなた方みたいなね。だからあの人は、あなた方みたいな変態が暴れまわってるのを見て本当は楽しんでるんですよ」

誰がだ！　こっちは毎日へとへとで大変な思いをしているというのに！

紅蘭の思いなど知らない龍淵と暮羽は、しばし渋面で口を引き結んでいたが……

「確かに紅蘭様は……面倒事がお好きですわね。被虐趣味でもおありなのかしら」

暮羽がぽつりと言う。

「被虐趣味っていうには極悪すぎますけどね」

郭義が同意する。

「それはそうですわね。泣きわめく罪人を見て陶酔するような笑みを浮かべていらしたこともあるし……」

「人を苛《いじ》めるのが好きで、自分を苛めるのも好きなんでしょうよ」

「嗜虐《しぎゃく》趣味であり被虐趣味でもあると……奥が深いですわね」

「ほっとくと裸で外を歩き回る可能性もあるような裸族ですしね」

「目を離すととんでもない猛獣を拾ってきたりしますわよ」

「調教が好きなんでしょう。人でも獣でも」

え、ちょっと待って……なんだか私の悪口が始まっている……？

紅蘭は密やかに聞き耳を立てながら、柱に爪を立てた。

まさか可愛がっている女官や護衛官から陰口を聞こうとは……

「そもそも紅蘭様は殿方の趣味がお悪いですわ！」

「同感ですね！　世の中には腐るほど男がいるというのに、気に入った相手はまさかのこれだよ！」

「嘆かわしいこと！　いったいどこを見てらっしゃるの⁉」

「言っても無駄ですよ。紅蘭様は人の話聞いてねえから」

紅蘭は柱に爪を立てたまま、ぷるぷると震えだした。

極悪女帝だから何を言っても傷つかないとか思わないで欲しい……

「ちょっとお前たち……！」

紅蘭がこれ以上聞いていられず飛び出したその瞬間、黙っていた龍淵がいきなりこちらを振り向き、紅蘭の口を大きな手で思い切り塞いだ。

「静かにしろ」

龍淵は短く命じて廊下の向こうを見る。妙な気迫があり、その場の全員が息を呑んで辺りは静まり返った。そして数拍……

「きゃあああああああ!!」

女の絶叫が夜の空気を震わせた。

「……来た」

龍淵は呟き、紅蘭を放して走り出す。

「龍淵殿! 待ちなさい!」

紅蘭は慌てて後を追う。その後から郭義と暮羽もついてきた。紅蘭はじろりと彼らを振り返り、

「お前たち、私がいると分かってて悪口を言ったね?」

「まあ……何のことでしょう? それより紅蘭様、龍淵殿下はいったいどうなさったのですか? 急に走り出したりして……」

「まさか……また怨霊ですか!?」

ひいっと青ざめたのは郭義だ。そんな護衛官を、暮羽が少々残念な目で見た。

「郭義様、怨霊なんて非現実的なもの、いるはずがありませんでしょう? もう少し現代的で科学的な物の見方をなさった方がよろしいかと」

彼女が怨霊の存在を信じていないことは知っている。彼女は紅蘭の言葉を丸ごと呑

み込むが、信じてはいないのだ。暮羽はそういう存在を決して信じない。

「暮羽、郭義。お前たちは来ない方がいいわ」

この先に怨霊がいるのなら、二人は全く役に立たない。しかし二人は健気に言った。

「いいえ、こんな訳の分からない状況で紅蘭様を放っておけませんもの！」

「ああくそ！　怖《こえ》え！　何かあったら俺を盾にしてください！」

そんなに想《おも》ってくれているなら、悪口など言うな。

「怖かったら私の後ろで目を瞑《つぶ》っていなさい。いい子だからね」

紅蘭はそう言い聞かせ、龍淵の後を追いかけた。

龍淵が駆けつけたのは白悠の部屋に近い場所だった。廊下の途中で腰を抜かした二人の女官が抱き合っている。

そして二人の前に、それはいた。

「あれは……何……？」

無意味な疑問を口にしてしまう。

そこにいるのは、人だった。人の形であることは分かる。人の形をしている。だというのに……何故だかどんな姿をしているのか分からない。

全体的には白く、ぼんやりと光っている。顔も体もちゃんと見えている。表情も分かる。腕があって足があって頭には髪の毛が生えていて……少しも人間を逸脱していない。衣服を纏っていることも分かる。確かにそこに立っている。

なのに、何故か、分からない。

どんな顔立ちなのか、いくつくらいの歳なのか、男なのか女なのか、どんな模様の服を着ているのか……見えているのに分からないのだ。

見えているのに……目の前にいるのに……それなのに分からない。その感覚はあまりにも奇妙で、吐き気すら覚えた。

ただ一つ分かることがあるとするなら、それは間違いなく生きた人間ではないということだ。

人の姿をした、圧倒的で絶対的な化け物……

化け物は手を伸ばし、近くの壁をびしゃびしゃと叩いた。黒い手形がついてゆく。

そして化け物は蹲《うずくま》る女官たちを見下ろし、彼女たちが動かないのをしばらく眺めると、二人に向かってゆっくり手を下ろした。

「ひっ……ぎゃあああああああああああああああああああ!!」

突然の絶叫に、紅蘭はびくりと体が跳ねた。

振り返ると、叫んでいたのは暮羽だった。彼女は叫びながらへたり込む。

やっぱり連れてくるんじゃなかった……暮羽はこういうものが大の苦手なのだ。だから信じていないのだ。

するとその絶叫を聞いた化け物が、ゆらりと体を傾がせてこちらを向いた。

確かにこっちを見ている。目が合ったと感じた。しかしその姿はやはり分からない。

「こっちを見ろ」

龍淵が蔓延《まんえん》した恐怖を切り裂くように言った。

「何だその顔は……お前は誰だ？」

すると、化け物の口が動いた。何かしゃべっている。けれど、その声は紅蘭にはその声が聞こえなかった。

「ああ……そういうことか……そんなのがいたと言っていたな……」

龍淵は納得したように呟く。

「何を話してるの？　私にも聞かせて」

紅蘭は前にいる龍淵の袖を引いた。

「俺はもうあんたに触らないと言っただろ」

「きみ……私を怒らせたいの……？」

紅蘭と龍淵は射るような目で睨み合った。

びりびりと痛いほどの緊張が満ち――

「こんな遅くに何を騒いでるんですか？」

愛らしい声がその緊張を破った。部屋から出てきた白悠だった。

「ああ、やっぱり父上様と母上様だった。こんな非常識なことするの、お二人くらいだと思いましたよ。みんな寝てる時間なんですから、静かにしなくちゃ……」

寒そうに身を縮めながらそこまで言い、化け物を目の当たりにして、少年は凍りついた。華奢《きゃしゃ》な体が次第に震えだし、瞳が大きく見開かれる。

「……その顔……何で……」

顔という言葉が紅蘭の耳に刺さった。

顔が分からなくて混乱しているという感じには聞こえない。もしかして、白悠には化け物の顔が見えている……？

そういえば、龍淵も化け物の顔を気にしている様子だった。彼にも同じく見えているとしたら……

「龍淵殿、これは何者なの？」

「……ただの怨霊だ。喰ってやるからここに来い」

龍淵は化け物に向かって手を差し伸べた。

化け物はその手を見てきょとんとし、にたりと笑った。

あははははははははははははははははははははははははははははははははは！

頭の中にそんな声が鳴り響いた気がした。一瞬錯覚かと思ったが、蹲っている女官たちや、郭義や暮羽も驚いたように耳を押さえた。

「うるさい、口を閉じろ」

龍淵は冷ややかに命じた。怨霊の笑声はぴたりと止まる。そしてまた、何か言った。

「ああ、そうだ。俺が二人目だ」

龍淵は言った。

二人目？　何が？　半分しか聞こえない会話は少しも理解できない。

「俺が欲しいなら喰ってやる。その代わり力を寄こせ」

龍淵のその誘いに、化け物は少し考え……首を振った。そして、こちらを見た。

はっきり目が合い、紅蘭の背筋に悪寒が走った。

化け物は紅蘭を指さして、何か、言った。

そして次の瞬間——すごい勢いで体当たりしてきた。

一瞬、目の前が真っ白になり、気づくと壁にぶつかってひっくり返っていた。自分の上に、怪物がのしかかっているのが見える。牙が覗いた。殺される——と、瞬間的に思った。

「その女に触るな！」

化け物の牙が届く直前、龍淵の怒声が響いた。

「お前を切り刻むのは簡単だ。俺の腹にどれだけの怨霊が巣くっていると思ってる。お前にできるのはおとなしく俺に喰われることだけだ。来い！」

しかし化け物はその言葉に惹かれることなく、紅蘭に向かって口を開いた。

「馬鹿が……」

龍淵は呟き、腕を振り上げた。見えない何かをつかんでいて、それを、化け物の足に振り下ろした。

ぎゃああああ！　と、悲鳴が聞こえたような気がした。そして間髪を容《い》れず——

「うあああああ！」

白悠が悲鳴を上げて倒れこんだ。

彼が呆然と自分の足を見下ろすと、白く細い脚に切り傷ができ、そこから血が流れてきた。

「え……なんで……何これ……嫌だ、助けて！」

白悠はいつもの聡明な様子を放り投げて取り乱した。

龍淵は顔をしかめてその姿を見下ろし、化け物の足に突き立てた見えない何かを引き抜く。

すると押さえつけられていた紅蘭の体が急に軽くなった。化け物はたちまち姿が揺らぎ、壁に染み込んで消えてしまった。

後に残ったのは怯え切った女官たちに、腰を抜かした護衛官、足を怪我した王子に、苦い顔の獣が一匹……そして殺されかけた極悪女帝が一人。

「やっぱり……僕のせいだったんだ……」

化け物がいなくなった暗闇を呆然と見つめながら、白悠が呟いた。足の切り傷からはまだ細い血の筋が伝っている。

「僕が不幸を呼んでたんだ……！」

振り絞るように言って、白悠は廊下に蹲った。

遠くから、物音を聞きつけてわらわらと女官や衛士が駆けつけてくる。

彼らにどう説明したものか……そう考えながら、紅蘭は立ち上がろうとして——突如、喉の奥からせりあがってきたものを吐き出した。

大量の鮮血が廊下に滴り落ちる。

「紅蘭様！」「紅蘭！」

暮羽と郭義の声を聞きながら、紅蘭はその場に頽《くずお》れた。意識を失う寸前、凍《い》てついた龍淵の瞳が見えた。


咲き誇る花畑の中に紅蘭は立っていた。

吹き抜ける風は心地よく、甘やかな花の香を運んでくる。

咲き誇る花の中に、それがいた。

ぼんやりと白い、人の形の化け物……見えているのに、正体が分からない。

化け物はじっとこっちを見ている。様子をうかがっている。怖がっている？

「お前、どうして人を襲うの？」

近づきながら問いかける。

『おまえが……ほしいなあ……』

破《わ》れ鐘《がね》のような声が一面に響き渡り、紅蘭は顔をしかめた。立ち止まり、優艶な笑みを浮かべる。

「ちゃんとしゃべれるじゃない」

『おまえがほしい……』

化け物はまた言った。

「龍淵殿じゃなく？」

紅蘭は首を捻る。指先で唇を叩きながら考える。

怨霊を引き寄せるのは龍淵だ。しかしこの化け物は、龍淵より紅蘭を欲しているというのだろうか？　そういえば、龍淵に目もくれずこちらに襲いかかってきた。

怨霊は紅蘭を恐れる――と、龍淵は言ったが、この化け物はどうやら紅蘭を恐れていない。

「そう……私、お前に殺される可能性もあるのね」

『ころす……？　ちがうよ……おまえがほしいんだ』

「私を喰いたいの？」

『だっておまえは××××××だろ？　だからほしいんだ』

途中が変に反響して聞き取れなかった。

『ちょうだい……』

そう言って、化け物は紅蘭に両手を伸ばしてくる。

その手が触れる直前、光に満ちていた世界は暗転した。


はっと目を開ける。そこはよく知った自分の部屋だった。

紅蘭はしばし呆然と天井を見上げ、自分が今たしかに現実を見ているのだと確信し、ゆっくりと起き上がった。

そこで初めて、部屋の端に人が座っていると気が付いた。

壁に背をつけ、膝を抱えて床に座り込んでいる。

「……龍淵殿」

名を呼ぶと、龍淵はゆっくり目を上げた。

何の感情もないがらんどうの瞳が向けられて、全身が粟立《あわだ》った。

龍淵は異様に顔色が悪く、今にも倒れそうに見える。

「きみ……また怨霊を喰い散らかしたの……？」

その問いに彼は答えなかった。

「私は寝てたのかしら？」

「……ああ、二日眠っていた」

今度の問いには素直に答える。

二日……記憶をたどると、覚えている最後の場面は、化け物じみた怨霊に出会い、襲われ、血を吐いたところだ。そこで意識を失ってしまったのだろう。

「あんたは怨霊に呪われた。そんなことができる怨霊は……まともじゃない」

「まともな怨霊って……いるの？」

思わず馬鹿げた質問をしてしまう。龍淵は何も答えず俯いた。表情に影がある。

「私が死ななくて残念だったわね」

反応が芳しくなかったので、紅蘭はわざと軽口を叩いた。厳密に言えば龍淵は紅蘭の死を望んでいるが、それは肉体の死というわけではない。怨霊に囲まれて生きてきた龍淵は、肉体の死にあまり意味を見出《みいだ》していないという。それに、殺すなら自分の手で……と考えているはずだ。しかし――

「あんたに死んでほしいと……思わなかった」

彼は膝を抱えて座り込んだままぽつりと言った。

「……え？」

聞き間違いかと思った。しかし龍淵は顔を上げてもう一度言った。

「あんたが怨霊に襲われて意識をなくしている間、ずっとあんたの顔を見ていた。だが……あんたに死んでほしいとは思わなかった」

「……どうして？」

どうして紅蘭に触れることを拒むのか。どうして腹が減るのか。どうして怨霊を喰らい続けるのか。どうして……どうして……紅蘭の死を望まないのか……

「……あんたは約束を守った」

「どの約束のこと？」

「あんたは子供の頃の俺を何度でも助けると言った。そして……俺を助けた。夢を見て……あんたの声で目を覚まして……あんたの顔を見た時……あんたは約束を守ったんだなと思った」

それでようやく龍淵が何を言っているのか分かった。白悠を養子にする前、魘されていた彼を起こした時のことだ。

「紅蘭、あんたは……極悪女帝と呼ばれているが、人に優しい。あんたを殺そうとしていた俺にさえ優しかった。あんたは……いい人なのかもしれない」

ぽつりぽつりと告げられて、ぎょっとする。

いい人……いい人……!? 誰が!?

言われたこともないことを言われて心臓がばくばく鳴り始める。

龍淵は静かに先を続けた。

「あんたを殺そうとしたけど……何度も殺そうとしたけど……俺はあんたが憎いんだと……思い込もうとしたけど……憎いという気持ちが湧いてこなくなった」

何度も殺すと言われ、嚙まれたことを思い出す。あれは自分の気持ちを確かめていたというのか……?

「……いつから?」

「……あんたと繫がって、自分の中身を見せた時から。あの時からもう俺はあんたを憎む理由がなくなっていたような気がする」

龍淵はいったん言葉を切り、下を向いた。顔が見えなくなる。

「あんたを憎む理由がないなら、俺にはもう……あんたを殺す理由がない」

彼ははっきりとそう言った。今までずっと紅蘭を憎み、殺意を抱き続けていた龍淵が、紅蘭をもう憎む理由がないと……殺す理由がないと……

憎しみを捨て、夫婦として共に歩もうとしているかのような言葉だ。なのに……紅蘭は全身の冷や汗が止まらなかった。この真冬に、震えながら汗をかいている。

龍淵は握り合わせた拳を額につけて、ますます下を向いた。地の底に潜り込んでしまいそうな危うさに、紅蘭は声をかけることができなかった。

「……白悠を見ていると、子どもの頃のことを思い出す」

龍淵はやにわにそんなことを言い出し、ふと黙り込んだ。少し待っても彼は口を開こうとしなかったので、紅蘭は囁くように問いかけた。

「自分に似てると思ったの？　きみは怨霊を引き寄せる体質に生まれて、白悠は不幸を呼ぶ少年として育って……どちらも周りから恐れられた」

すると龍淵は緩慢な動作で顔を上げた。

「まさか……俺は今まで自分と似た人間に会ったことはない。この世に俺と似た人間はいない」

自信なのか自虐なのか……そう断言する。

「白悠を見ていると……樹晏を思い出す」

「え？　白悠は樹晏殿に似てるの？」

「顔は似ていないが、樹晏と同じようなことを言う。あんたは前、俺に樹晏を愛していたのかと聞いたな。もしかしたら俺はずっと昔に、樹晏を愛していたことがあるのかもしれないと思ったが……白悠を見ても、愛《いと》しいという気持ちは思い出せなかった。俺の中に、人を愛する心はやはりなかった」

龍淵は座り込んだまま自分の胸の辺りをさすった。

「俺の中にはあんたへの憎しみしかなかった。それがなくなったら……俺の中にはもう何もない。空っぽだ」

「……だから怨霊を喰うの？」

ここ最近怨霊を喰い荒らしているのはそのせいだったのか……空っぽになった内側を、それで埋めようとしていたというのか……これだけの怨霊を貪り喰って、力を蓄えて、どんな恐ろしいことを企むでもなく、ただただ己の虚《うつ》ろを埋めることだけを考えていたと……

「さあ……ただ、腹が減っているだけだ」

空洞を探ろうとするみたいに、龍淵は自分の胸を握りしめる。

「……私をいらないと言ったのは……どうして？　あれは本心？」

紅蘭は慎重に問いただす。心臓の鼓動はどんどん速くなる。

「……俺があんたに触れたのは、あんたを憎んでいたからだ。俺はあんたが生まれたせいで今の俺になってしまったから、その代償にあんたを好きなだけ貪ってもよかった。だが……今はもうあんたを憎む理由がない。だからもう、あんたに触れる理由がない」

「あれは……私に力を貸したご褒美だったはずよ」

「いいや、俺はあんたに俺と同じ地獄を見せつけてやりたかっただけだ。あんたを憎いと思わなければ、俺はあんたに触れなかった」

その言葉を聞いた瞬間、紅蘭は全身からすうっと力が抜けるのを感じた。

「そう……」

俯き、深く深くため息を吐く。そしてゆらりと顔を上げた。

「いろんな理由をもっともらしくつけているけど……つまりきみはこう言ってるのね。私がきみを大切に優しく扱った結果、きみは……私に飽きた」

「別に飽きたわけでは……」

「いいえ！　きみは私に飽きたのよ！」

思わず声を荒らげる。李紅蘭の今までの人生で、ここまで屈辱的なことを言われたことがあっただろうか？　人に憎まれたことも嫌われたことも執着されたこともあるけれど、飽きられたことなどただの一度だってない。

「あんたがそう思うならそれでいい」

龍淵は特に争う気もないらしく、そう言って立ち上がった。そして紅蘭の座る寝台に近づいてくる。

「何？」

「自分の胸元を見てみろ」

言われて寝間着をはだけさせると、胸元に心臓をつかもうとするかのような黒い手形が付いている。

「あんたはあの化け物に呪われたと言ったろ。内側に奴のかけらが巣くっているんだ。それを喰う。口を開けろ」

さっきまでの話はもう終わりだとばかりに、顔を近づける。

「……お腹が空いてるの？」

「ああ。本体を喰うために、もっとあいつの情報が欲しい」

「触れないんじゃなかったの？」

「触れるわけじゃない、ただ喰うだけだ」

「そう……」

紅蘭は龍淵の腕をつかみ、思い切り引っ張って彼を寝台に倒した。

驚いて起き上がろうとした龍淵の体を押して仰向《あおむ》けに転がし、その腹の上に跨《またが》る。

「……何の真似《まね》だ」

「私の中にある化け物のかけらが欲しいなら、私の言うことを一つ聞きなさい」

「何だ？」

「夜伽《よとぎ》をしなさい」

紅蘭は軽やかに告げた。

「……何だと？」

「斎の女帝李紅蘭の命令よ」

「あんたは頭がどうかしたのか？」

「私はきみを、大事にするって言ったわ。だから、きみの嫌がることはしなかった。きみはたぶん……本質的に房事を嫌悪しているんじゃない？　だから私、きみに無理強いしたりしなかったでしょう？　だけど……これが私の夫であるきみの一番大事な仕事なのよ。伽をしなさい。私の中にあるものが欲しいんでしょう？」

艶めかしい仕草で自分の胸を押さえる。

自分の激しい鼓動が手のひらに伝わるような気がした。

飽きられてしまったなら……もう一度引き寄せればいい。

愛情を喚起できないのなら……別の感情を喚起すればいい。

空っぽだと言うその内側を、嫌悪や憤怒や苛立《いらだ》ちで満たしてやる。

愛情？　恋慕？　慈悲？　そんなものは必要ない。王龍淵という男から、この世で最も嫌われる女になってやろう。紅蘭は即座に決めた。

「さあ、務めを果たしなさい。ついでにその能力を伝染させて。きみは情交で最も深く人と繋がると言ったわ。怨霊を見るきみのその目を、私に伝染させなさい」

さあ……怒れ……

「きみの価値は怨霊を見て、喰って、支配する。その肉体にのみあるのでしょ」

怒れ……怒れ……怒れ……

「あんたを抱けというのか？　俺はあんたを愛していないのに？」

「くだらないわねえ……きみの愛なんて、私がいつほしいと言ったの？」

紅蘭はそう言って、彼の胸元に手を這わせた。

さて……こういう時はどんな風に言えばいいのだろう？　男を誘う良い口説き文句というのは……？　しまった……また勉強不足だ……

龍淵は紅蘭が何をしようとしているのか察したらしく、眉をひそめた。

「あんた……本気か？」

「私はね、いつも何をする時も本気よ」

ゆっくりと覆いかぶさりながら、彼の瞳に宿る色を確かめようと目を凝らして——しかしそこで不意にぞくりと体が冷たくなった。

気色悪い気配がする。よく知ったその感覚に、紅蘭は素早く辺りを見回した。

寝台の端を、カサコソと歩く複数の黒い影——その正体と目的を一瞬で感じ、紅蘭は龍淵の体に再び覆いかぶさった。

黒い影の正体は、黒々とした大きな体に長い脚を持つ毒蜘蛛《どくぐも》だった。何匹もの毒蜘蛛が、こちらに近づいて来ようとしている。

「やめなさい！」

紅蘭は蜘蛛に向かって鋭く命じた。すると、部屋の扉が静かに開いた。

「止めないでくださいませ、紅蘭様」

ぞっとするような声とともに入ってきたのは女官の暮羽だった。

「何をするつもりなの」

「様子を見にきてよかったですわ。まさかこんなことになっているなんて……油断しました。もう限界……今すぐその男を始末します」

暮羽の答えは端的だった。紅蘭は苦々しく歯嚙《はが》みする。暮羽がこういう行動に出ることは想像の範囲内だった。

「……お前は何なんだ？」

龍淵が紅蘭を押しのけながら起き上がり、そう聞いた。

「この蜘蛛は何だ？　お前が操っているのか？」

「蠱師《こし》……というものを知っていますか？　百蟲を甕《かめ》に入れて喰らい合わせ、残った一匹を蠱《こ》として人を呪う術者です。私は……この国に根付く蠱毒《こどく》の里に生まれ育った蠱師です」

暮羽は淡々と説明した。いつもの清楚可憐な表情ではなく、冷たい術者の顔になっている。

その言葉通り、暮羽は蠱師だ。毒を扱い人を呪う術者だ。恐ろしいしきたりで暮羽を縛り嫐ってきた蠱毒の里から、紅蘭が彼女を奪ったのだ。毒に耐性のある術者の暮羽は、毎日紅蘭の口にする食べ物を毒見して、紅蘭の身体を守っている。

「蠱師……聞いたことはある」

「そうですか、私は蠱毒の里で無能者と呼ばれて育ちました。使える蠱は蜘蛛だけで、数も少ない……ですが、あなたを殺すくらいはできますわ」

暮羽の肩に拳大の腹を持つ毒蜘蛛が数匹乗っている。

「何故、龍淵殿を殺そうなんて馬鹿なことを考えるの？」

紅蘭は龍淵を庇《かば》う格好で聞いた。

「何故？　何故って……当然でしょう？　この人はあんな恐ろしい化け物と会話していたんですよ？　この人も化け物の仲間に違いないわ！」

暮羽はわなわなと震えた。まずいな……と、紅蘭は思った。

「怨霊ですって？　冗談じゃありません！　そんな非科学的で非現実的なものが紅蘭様の周りにいるっていうんですか⁉」

非科学的で非現実的……それは……蟲《むし》を使って人を呪う術者の言うことか……？

ともかく彼女は、この後宮に怨霊が巣くっているという紅蘭の話をようやく信じたらしかった。信じた結果、龍淵殺害を決行すると決めてしまったのだ。

「怨霊がいてはいけない？」

「いけないに決まっています！　だって……怨霊には毒が効かないじゃありませんか！　そんな恐ろしいものの仲間は始末するしかありません！」

やはりか……紅蘭はげんなりした。暮羽が怨霊を信じなかった理由がこれだ。毒では殺せないから、怖いのだ。だから信じたがらなかった。

「怨霊の仲間にも毒は効かないかもしれないわね」

紅蘭がそう言うと、暮羽は余計絶望的な顔になった。

「暮羽、お前は私の命令に逆らわない。私はそれを知っているわ。蜘蛛を下げなさい。私の言葉が分かるわね？」

穏やかに……しかし脅すように言い含める。

「嫌です」

「下げなさい」

「何故庇うのですか？」

「何故って……それは……」

もっともらしい理由を仰々しく打ち立てようとしたが、何故かそこで紅蘭は言葉が出なくなった。

何故……何故……？

考え込んだ紅蘭をしばし見つめていた暮羽は、何かに気付いたように驚愕の表情を浮かべた。

「……分かりました」

力なく腕を振る。蜘蛛たちが、かさこそ動いて暮羽の衣の中に消えてゆく。いきなり従順になった女官に、紅蘭は少し戸惑った。それを表に出さず命じる。

「いい子ね、下がりなさい」

「……はい」

暮羽は仮面のような顔で礼をすると、静かに部屋を出て行った。

重く気まずい沈黙にしばし浸り、紅蘭は隣に座っている龍淵を見た。

「やる気が削《そ》がれちゃったわね」

「……最初からやる気はない」

「意気地なしね、きみは」

挑発してみるが、龍淵は怒る気配すら見せなかった。この獣の感情を揺らすのはなんと困難なことか……

「仕方がないから今日は見逃してあげるわ」

紅蘭はそう言うと、寝台から下りた。

暮羽の機嫌をずいぶん損ねてしまったから、少し機嫌を取っておこう。あの子は大切な女官で、これからも傍にいてもらわなくては……

そんなことを考えながら離れようとした時——急に龍淵が腕をつかんできた。突然のことに驚く。

「どうしたの？　私はいらないいんじゃなかったの？」

「ああ、いらない……はずだ」

「じゃあ、どうして触るの？」

「……俺はあんたを愛していない。あんたに触る理由がない。俺はあんたを憎んでいない。あんたを利用する理由がない」

「じゃあ……」

「なのに……どうして俺は、あんたに触れたいと思うんだ？」

どきんと心臓が鳴った。ぎくりという方が正しいかもしれない。彼がまた厄介なことを言い出した。嫌われる女になろうと思った矢先に、こんなことを言う……

「私に聞かれても困るわ」

獣だ……そう感じる。女に触れたいと欲している男——ではない。獲物を狙う獣だ。そこにあるのは危うさであって、甘さではなかった。

空っぽになったというその内側に、残っている何かだ。

どう振る舞うのが正しいのだろう？　どうしたらこの男を飼い慣らせる？　怒りを

求めて踏みにじるべきなのか……甘やかして慈しむべきなのか……

「きみほど私を困らせる人間なんて、この世のどこにもいないでしょうね」

紅蘭は手を握られたまま、いつまでも振りほどけずにいた。


紅蘭の部屋を出た暮羽は、そこに立っていた男にすぐ気が付いた。

「紅蘭様の部屋で蟲をばらまくのやめてくださいよ、暮羽殿」

護衛官の郭義がやれやれという顔で言った。

「一匹残らず回収していますわ」

暮羽はひらひらと腕を振ってみせる。

「あの男……少しも蜘蛛に怯えていなかった……殺してやればよかった」

「紅蘭様から罰を与えられますよ」

「かまいません。紅蘭様が幸せになるためなら百万回でも死にます」

「まあ、おおむね同意しますね」

郭義は腕組みして小さく笑った。

「郭義様は平気なのですか？」

「……まあ、紅蘭様が気に入ってるんだからしょうがないですよ」

「まだ郭義様がお相手ならよかった。郭義様は命がけで紅蘭様を守ってくださいますもの」

「俺!?　紅蘭様のお相手とか……考えたこともないですね」

渋い顔でかぶりを振る。

「紅蘭様はあなたを愛していらっしゃいます」

「はあ……そりゃまあ俺もそうですが」

そっけない返事に暮羽は強く嘆息した。

「紅蘭様は、暮羽殿の想いを全部分かってると思いますけどね」

郭義は励ますように、暮羽の背中をばしばしと叩いた。

「……痛いですわ」

暮羽は恨めしげに郭義を見上げ、またため息を吐いた。

「私だって紅蘭様の想いを分かっています。きっと、本人以上に……。ですから、紅蘭様の望まないことはしませんわ」

第五章　初めての家出

紅蘭が倒れてから丸四日、白悠はずっと部屋に籠もっていた。

寝台の上に座り込み、放心している。

足の傷には包帯が巻かれていて、時折痛みを主張する。傷自体は浅く、歩けないわけではなかったが、白悠は幽閉されたかのように閉じこもっていた。

「やっぱり僕のせいだったんだ……」

四日前の夜に見たあの化け物の姿を思い返す。そのたびに身の毛がよだつ。

自分が呼んできた不幸の正体……それがあの化け物だったのだ。

あの化け物は自分にとりついているに違いない。そして父や母や乳母たちを……無残に殺した。足の傷はきっとその証《あかし》なのだ。

「……僕が死ねばよかった」

呟き、そこでふと思い出す。

父を殺したあの男は誰だったのだろう？　恐ろしい男だったが、化け物……ではなかったように思う。しかし紅蘭の周りにも、あの男はいなかった。父は……どうして死んだのだろう？

「そうか……父上に会いに行けば聞けるのかな……」

口にしてみると、それは素晴らしい思い付きのように思えた。

部屋の中に目を向けると、燭台《しょくだい》がある。とがった先端はいかにも魅惑的だ。

白悠は寝台から下りると力なく燭台に歩み寄り、その台座を握った。

あまり深いことは考えていなかった。

そして……燭台の先端を自分の喉に突き付けた。


その日――すさまじい轟音《ごうおん》とともに、雷が落ちた。

それは後宮の庭園に植えられた背の高い木に落ち、幹を真っ二つにして火をつけた。

炎は次第に大きくなり、人々が集まって後宮中が大騒ぎになる。

その中の一人が、倒れた。白悠のお付き女官になった者の一人だ。

また一人、倒れる。白悠を守っている護衛官だ。

更に倒れる。これも白悠の女官だ。

一人……また一人……倒れてゆく。

それは後宮の外にも波及し、表にも倒れた者たちがいた。

女帝の側近となるべく育成されている官吏——侍従見習いたちだった。

そして倒れた者たちはみな意識を失ったまま悪夢を見ているかのように呻いていて、なぜか全員の体に……不気味な黒い手形が刻まれていた。

「いったい何が起きてるの？」

知らせを受けた紅蘭は、すぐさま被害者の運ばれた薬事室を訪ねた。

女官も衛士もすぐに後宮から連れ出され、薬師《くすし》のいる薬事室へと運ばれたのだ。

紅蘭が宮殿の一角にある薬事室に駆けつけると、薬師たちは全員慌てて紅蘭を追い返そうとした。

「何者かの呪詛《じゅそ》と思われます！　陛下の御身に災いが及ぶようなことがあっては、取り返しがつきません。どうかここへはお近づきになりませぬよう……」

神妙な面持ちで言われ、紅蘭は薬事室に入ることを諦めた。

これは龍淵に話を聞いた方がいい……そう考えて後宮に戻ると、

「紅蘭様！　白悠様がお部屋からいなくなってしまいました！」

倒れた白悠の女官の代わりを任せていた暮羽が、廊下の向こうから走ってきた。

すると立て続けに——

「紅蘭様！　龍淵殿下が後宮からいなくなってしまいました！」

今度は龍淵付きの女官が駆けつけてきた。

龍淵付きの女官と言っても、彼は人に世話を焼かれることがあまり好きではないらしく、紅蘭以外の手を借りることはあまりないから、女官たちはもっぱら龍淵の美しさを堪能するのが役目となっている。

それにしても、後宮からいなくなったというのはおかしな話だ。後宮は広く、どこかに隠れてしまえば見つけることは困難で、いなくなったと言うよりは姿が見えないと言う方が正しいだろう。捜せば見つかるはずだから。

「落ち着きなさい。二人ともひとけのないところにいるんでしょう。捜せばすぐに見つかるわ」

紅蘭が諭すと、龍淵付きの女官が力強く首を振った。

「いいえ！　龍淵様は後宮からいなくなってしまったんです！　出て行くところを私たちが目撃したんです！」

女官は拳を掲げて力説する。

「出て行ったですって!?」

さすがに紅蘭は度肝を抜かれた。

この宮殿から出て行った!?　龍淵が以前勝手に後宮を出て以来、紅蘭は彼が同じことをしないよう、衛士には厳しく命じている。厳重な警備態勢が敷かれたこの場所から、無断で出て行けるはずがない。

「いったいどうやって？」

「後宮の塀をぴょーんと飛び越えて！」

女官は思い切り腕を伸ばして、ぴょーんを表現する。

「嘘でしょう？　あの塀を？」

後宮の塀は人の身の丈の三倍あるし、警備の衛士も大勢いる。それをぴょーんと!?

紅蘭は混乱しながらも、龍淵の能力について考えた。彼は普通の人間ではない。怨霊を喰らってその力を使えば、塀を飛び越えることなど造作もないに違いない。

「龍淵殿下が飛び越えた塀の下に、これが残されていましたわ」

女官たちは青い結い紐を差し出した。それは龍淵の髪を結っていた結い紐だった。

それを置いて……出て行った……？　いったい……何の目的で……？　まさか……夫婦生活に飽きて家出!?　この結い紐は決別の証なのか!?　いや、そんなはずはない。そんな単純な話であるはずがない。この状況下で出て行ったからには、もっととんでもないことが待ち受けているはずだ。

一瞬であれこれ考え、結い紐を受け取る。

「捜しに行くわ。暮羽、白悠は後宮のどこかに隠れているだけでしょうから、見つけておいて」

紅蘭はそう命じると、足早に歩きだした。

外に向かいながら、長く垂らしていた髪を龍淵の結い紐で結ぶ。邪魔にならないよう後頭部で一つに括った髪が、馬の尾のように揺れる。

後宮を出ると、怪訝な顔をする臣下たちの間を通り抜けて厩《うまや》に駆け込み、そこに置いてあったボロ布を羽織って手近な駿馬《しゅんめ》に跨った。

「へ、陛下!? いったいどうなさったのですか？」

慌てふためく臣下を置き去りに、紅蘭は馬を走らせた。

通りを歩くものを蹴散らし、城門を開かせて、困惑と悲嘆の声を背に宮殿の外へと繰り出した。

龍淵が後宮を出たあと宮廷内をうろついていれば、たちまち騒ぎになって紅蘭に知らせが来ただろう。彼が目立たずに行動することなどできるはずがないのだから。誰も何も知らせてこなかったということは、龍淵は誰かの目に留まる前に宮殿の外へ出てしまったのだ。

早く捕まえなければ……

街に出ても紅蘭はボロ布を羽織っていたので、さほど目立つことも……なくはなかった。紅蘭はどこにいてもどんな装いでも人目を引かずにはいられなかったので、道行く人々はみな馬上の紅蘭を振り返る。

それらを無視して、紅蘭は夕暮れの城下町を駆けた。心当たりはまるでないから、いちいち走り回るしかない。

しばらく走っていると、馬が妙に興奮し始めた。おかしいなと思って馬の足を止めると、馬はますます興奮して、紅蘭を振り落とそうとする。

「落ち着いて。いい子ね、大丈夫よ」

紅蘭がたてがみを撫でてやると、馬は少し落ち着きを取り戻し、首を振って背後を見ようとした。

何だろう……自分以外の者が何か乗っている？

そう思ったところで、髪を縛る結い紐がぐいっと引っ張られた。何かいるのかとそっちを見るが、何もいない。しかしまた、ぐいっと引っ張られる。

やはり何も見えない。だが――いるのだ。紅蘭の目には見えないものが。

「……龍淵殿のところに案内してくれない？」

紅蘭は試しに話しかけてみた。見えない何かに向かって。すると今度はぐいっぐいっと二度引かれた。

紅蘭は何かが引っ張る方向に馬の首を向けて走り出した。

何度も何度も結い紐を引かれるまま、馬を駆けさせる。碁盤の目のような形をした都の通りを幾度も曲がって南西の方角へ進んでいくと、人通りはすっかり少なくなりあまり裕福ではない街並みに変わってきた。紅蘭が今までにあまり近づいたことのないような場所である。

薄着で出てきてしまったので寒い。空は曇天で、ちらちらと雪が降り始めた。馬の歩調を緩めて辺りを見回しながら曲がり角を曲がったところで、人とぶつかりそうになる。相手は頭から布を被《かぶ》った男だった。布からのぞく男の顔を見下ろし、

「龍淵殿！」

思わず声を上げた。男は間違いなく夫の龍淵であった。彼が布を被って顔を隠していることは英断と言えよう。そうでなければ今頃、辺りには人の群れができていたに違いない。

龍淵は驚いたように顔を上げると、何かに気付いて怒ったように目を細めた。その目は紅蘭でなく、紅蘭の後ろにいる何かに向けられていた。

「お前がここまで案内してきたのか……」

紅蘭は馬から下りて龍淵を睨みつけた。

「きみ、自分が何をしたか分かってる？　立場のあるものが軽々に己の居場所を離れるなんて、許されることじゃないわ」

「……軽々に宮殿を飛び出してきた女帝が言うことじゃないな」

龍淵は呆れたように言った。

「まあいいわ、誰だか知らないけれど、きみの居場所を教えてくれた者のおかげですぐに見つけることができたし」

紅蘭はふふんと笑う。紅蘭の目に見えず龍淵には見えるのなら、それは怨霊であろう。紅蘭に手を貸してくれたことを考えるに、由羅姫という可能性もある。彼女は足を鎖で繋がれているから、別人かもしれないが……

「これ以上は逃げられないと思うけど、どこへ行くつもり？　言っておくけど、いま宮殿では大変なことが起きているのよ」

「……化け物が逃げ出すところを見た」

「私を襲ったあの化け物のこと？」

「あれが城壁を飛び越えていくところを見た」

「ぴょーんと？」

「……ぴょーん？」

怪訝な顔をする龍淵を置いておいて、紅蘭は先を続けた。

「きみが勝手に出て行った理由がやっとわかったわ。だけど、こちらも大変なの。宮殿ではいま、あの化け物に呪われた被害者が……」

「ああ、知ってる」

龍淵は先回りして言った。

「あの手形は奴の呪いの証だ。ずいぶん大勢呪ったようだな」

「分かっているなら結構。けど、化け物はどうして後宮から出てきたのかしら？　あれは白悠の周りをうろついていたはずでしょ？」

化け物は白悠にとりついているわけではないという。だが、彼の周りにいることは確かなのだ。ならば何故、離れてここまで来たのだろう？　しかも、多くの人々を呪った後に。

「被害者は全員、白悠に近づいたことがある人間なのよ。化け物が白悠と関わっているのは間違いがない。だけど……それなら何故、白悠から離れてこんなところまできたのかしらね」

「いや……あれは白悠から離れてはいない」

「え？　離れてないって……じゃあ……まさか……」

紅蘭の頭は一瞬でその答えをはじき出した。

姿が見えないという白悠と、外に出て行った化け物……これらが離れずにいるということは……

「白悠と怨霊は一緒に後宮から外に出てきたの!?」

「俺はそれを見て追いかけてきた」

「何てこと、どうして白悠がそんなことを……」

あの子はずいぶんと思いつめた様子だったし、怨霊に怯えていた。不幸を呼ぶ原因が自分にあると、思ってしまったのかもしれない。そんな白悠が宮殿の外に出て、いったい何をするつもりなのか……

「あの子はどこにいるの？」

「さあな、この辺りで見失った」

「近くを捜して……」

「おい、お前ら……こんなところで何してやがる」

そこで二人の間に野太い声が割り込んできた。

そちらを向くと、ガタイが良く目つきの悪い男が三人、紅蘭と龍淵を睨んでいる。

「ずいぶんいい身なりをしてるじゃねえか。ここいらの人間じゃねえな」

先頭の男がそう言った。紅蘭も龍淵も適当な布を纏っていて、とても身なりがいいとは言えなかったが、それでも布の裾からのぞく衣服は、貧しい男たちの生活水準で得られるものとは桁が違っている。

「あの小僧の身内か？」

険のある調子で問いただされ、紅蘭の眉はぴくりと吊り上がった。

「あの小僧？　誰のことかしら、説明なさい」

一瞬で辺り一帯を支配した威圧感に、男たちは息を吞む。

「答えなさい、下郎ども。お前たちに沈黙の自由を許した覚えはないわ」

更に詰めると、男たちは後ずさりしかけ……しかし、ぐっと踏みとどまって牙をむいた。

「だ、誰に向かって生意気な口利いてやがる！　こっちはあの小僧に殴られてんだぜ。お前ら身内ならそれなりの誠意を見せてみろや！」

一番後ろの男が自分の顔を指した。男は鼻にボロ布を詰めて、血を止めようとしていた。

「あの子がお前を殴ったっていうの？　まさか！」

ありえない馬鹿げた冗談を聞かされて、紅蘭は呆れるどころか腹が立った。人違いだろう。そう思い、しかし、その楽観的な発想を停止させる。

不幸を呼ぶ少年……そう言われて育った白悠の過去を思い返す。

あの子はこの男たちに……不幸を呼んだのか……？

「お前たち、あの子をどうしたの？」

「あの小僧は俺らが預かった。返してほしけりゃ……」

男が最後まで言う前に、紅蘭は懐から出した短剣を男の喉に突き付けた。

「お前たちを人さらいだと判断したわ。死にたくなければあの子を返しなさい」

「ひっ……何だてめえ！」

紅蘭は完全な戦闘態勢になった。その圧倒的な空気に男たちは息を吞む。蛇に睨まれた蛙の如く、気圧《けお》されて立ち尽くす。

「五つ数える間に答えなければ鼻を削ぐ。一つ……二つ……」

紅蘭が数え始めると、男たちは後ずさりして逃げ出そうとした。

「答える気はなさそうね」

紅蘭は五つ数える前に短剣を振りかぶった。しかし、その短剣を、後ろにいた龍淵が素手でつかんだ。むき出しの刃をつかんだのである。たちまち手のひらが切れて血がにじむ。紅蘭は慌てて手を放した。

龍淵は短剣を放り投げ、腰を抜かして座り込んでしまった男の目の前にしゃがんだ。頭に被った布を払い、男と真っ向から目を合わせる。相手の内側を覗こうとするように……

男は人外の色彩と美貌を突き付けられ、呆然と龍淵に見入った。

「俺の目を見て答えろ。肝心なことが何も分からない。お前たちは白悠に何をしたんだ？　もっと詳しく説明しろ」

「……な、何って……うずくまって泣いてたから……保護してやっただけだ」

「何ですって!?　人さらいじゃなかったの？」

紅蘭は仰天した。

「誰がそんなことするもんか！　俺らはただ、この近くで小僧が泣いてるのを見つけて、迷子だと思って……そこの飯屋に連れて行ってやったんだよ。泣きわめいて暴れるもんだから、殴られちまったが……」

紅蘭は腰が抜けそうになった。その状況ならば、感謝されこそすれ下郎呼ばわりされる筋合いはないだろう。誠意を見せろと言いたくもなる。

「そ、それで……近くに親がいるんじゃないかと思って探してたんだ。そしたらお前らがいて、ここらにそぐわない格好をしてたもんだから……あの小僧の身内なんじゃないかと思って……声をかけたんだよ」

男はびくびくしながら説明した。

「何てことかしら……あなたたち、なんて仁と義にあふれた丈夫なの。あの子の母として感謝するわ」

紅蘭はさっきまで剣を突き付けていた事実を放り投げ、男の前に膝をつくと、その手をしっかと握りしめた。

男は驚き、狼狽え、顔も体もかーっと真っ赤になる。

隣にしゃがんでいる龍淵が、その様子をじーっと見て、男の手を握る紅蘭の手を叩き落とした。

「痛いわ、何するの」

「俺があんたに触らないのに、他の人間があんたに触っていいはずがない」

紅蘭は呆れた。なんて勝手なことを……勝手に殺したがって勝手に飽きて、それで他の誰にも触るなと？

「わがままね」

紅蘭はため息まじりに言って立ち上がった。

「さあ、あの子のところに案内してちょうだい」

微笑みかけると、男たちはしばし放心していたが、呑まれたように頷いた。

男たちは路地裏を通って紅蘭と龍淵を案内する。三人とも、紅蘭と龍淵にちらちら振り向き、信じられないものを見るような目つきで見てくる。

「あんたら……いったい何者なんだ？　普通の人間には見えねえぜ」

「普通の人間よ。息子の家出に狼狽して駆けずり回っている普通の親だわ」

「あの小僧はあんたの息子なのか？」

男たちは眼をまん丸くする。紅蘭と白悠は年が十しか違わないから、実の親子というのはかなり厳しい。だが、

「ええ、私の子よ」

紅蘭は堂々と肯定した。

「へ、へえ……そうなのか。あんまり、その……厳しくしてやらないでくれ。あの小

僧、ものすごく怖がって泣いてたんだ」

可哀想に……きっと、自分が呪いを呼ぶことが怖かったのだろう。

「安心しなさい。これでもあの子のことをとても大切に想ってるのよ」

「だったらいいんだが……」

男たちはほっと胸を撫で下ろしたらしかった。本当に何という善良な男達《たち》であろうか。彼らを人さらい呼ばわりしたことが申し訳ない。

「そこの飯屋だ。仕事仲間がちょうど集まってたんで、見てもらってんだよ。腹減ってるんじゃないかと思って、粥《かゆ》もおごってやったんだぜ」

本当に本当に人が好《よ》すぎる。紅蘭は感動すら覚えた。

男たちは飯屋の戸を開けて中に入り、

「おーい、小僧の親が……」

そこで凍り付く。

紅蘭も続いて中に入り、そこに広がる光景を見て愕然とした。

「何なの……これは……」

客と思《おぼ》しき人間たちが、飯屋の床に倒れている。殴られたように顔を腫らし、鼻や口から血を流して、うめき声を上げながら……

十人以上いるだろうか。そしてそれらの一番奥に、一人の少年が立っていた。少年はぼろぼろと涙を流し、客の男の一人を摑みその首を締め上げていた。

「白悠！」

紅蘭はとっさに少年を呼んでいた。呼ばれた白悠は涙に濡れた目で振り向き、紅蘭に気付くと摑んでいた男を放した。嫌な音を立てて男は床に落ちる。

紅蘭は深呼吸して、白悠に向かい合った。

いったい何が起きているのか……理解できない。この惨事を、白悠が起こしたというのか？　不幸を呼ぶ少年……その言葉が頭を巡る。

「たすけて……」

白悠はふらふらとした足取りでこちらに近づきながら言った。

「白悠が死のうとしたんだ……なんでなんだ……？」

自分を白悠と呼ぶ少年のおかしさに、紅蘭は眉をひそめる。

「白悠が死のうとしたの？　辛いことがあったのかしら？」

紅蘭はあえて彼の言葉を繰り返した。

「ここを……つきさそうとしたんだ……」

少年はひっくひっくとしゃくりあげながら喉を押さえる。

「たすけて……白悠を死なせないでよ……」

「分かったわ。私が助けてあげる。こっちにおいで」

紅蘭は両手を広げて少年を迎えながら、奇妙な既視感を覚えていた。

この少年を……知っているような気がする。どこかで会ったような気がする。

記憶をひっかき回して捜し、稲妻が落ちたように思い出した。

夢の中で会った……あの化け物……！　あれが白悠にとりついている……!?

差し出された紅蘭の手を、少年がとろうとした直前――

「お前は誰なの？」

紅蘭は少年の顔を真っ向から見据えて聞いた。聞いてしまった……

少年の手が、ぴたりと止まる。

「だれ……だれって……そんなの……ぼくはわからないよ……おれがだれかなんてわからないよ。わたしがだれかなんて……あたしがだれかなんて……いったいだれがしってるの？」

ぞっとするような声が頭の中に反響した。途端、差し出した紅蘭の手を、龍淵が後ろから引っ張った。それと同時に、ドン！　と、建物が鳴った。がたがたと建物が揺れ出して、紅蘭をここまで案内してきた男たちが悲鳴を上げた。

少年はそんな男たちを見て、けたけたと笑い出した。さっきまでの涙は一瞬にして消えている。

「あはははははは！　おかしいなあ！　こいつらわるいやつなのかなあ？　ぼくをと

おい国へうりとばそうとしてるのかなあ？　だったらみんな殺していいよね？」

「やめなさい。彼らはお前を心配して助けようとしてくれたのよ」

紅蘭は険しい顔で咎めた。けれど少年は怯えることも退くこともなくにやにやと笑っている。

「ふーん……じゃあ殺さないでいてやるよ。そのかわり……おまえをちょうだい」

少年は、夢の中で聞かせたのと同じ言葉を投げてくる。

「私が欲しいの？」

「だっておまえは……白悠のおかあさんでしょう？　それならわたしのおかあさんとおなじでしょう？　おれはおまえがほしいなあ」

定まらない一人称が妙な不安感を煽《あお》る。

「私の子供になりたいのなら、お前の名前を聞かせて」

途端、少年の表情が激変した。憤怒の表情を顔一面に浮かべて紅蘭を睨みつける。

「しつこいな……なんでわからないんだよ。ぼくになまえなんかない!!」

強烈な破砕音と共に建物の壁が吹き飛んだ。

男たちは逃げることもできずに蹲っている。

「そういうひどいことをいうなら殺しちゃうよ？　あたしね、とってもじょうずなんだから」

「人を殺すのが？　そうやって……白悠の周りの人間たちを殺してきたの？　お前が不幸を呼んでたの？」

「そうだよ。ぜーんぶぼくがやったんだよ。じゃまなやつもきらいなやつも、ぜーんぶ殺しちゃえばいいんだ」

「それは嘘だな」

冷たい目で少年を凝視していた龍淵が唐突に口を開いた。

「……嘘じゃないよ。どうしてそんなひどいことというのさ」

「お前は血の臭いがしない」

血の臭い──それは龍淵が幾度も口にした言葉だ。紅蘭は、その意味を察してぞっとした。血の臭いがする──と、彼が評した人間が一人いる。全身の血液が冷えてゆくような心地がする。

「……おまえ……なんなのさ……」

少年は怯えたように声を震わせた。

「俺はお前が何者だか知っている」

「じゃあいってみろよ！　ぼくはだれなんだ！」

激情をぶつける少年を、龍淵はどこまでも冷ややかに見やり──

「名無しの怨霊は多い。だが、お前みたいに自我が定まっていない怨霊は珍しい。それでも、いないわけじゃない。自分の性別も姿も正体も何もかも分からない怨霊というのは、たいていの場合……生まれてくることができなかった人間だ」

泥を零してゆくように言葉を吐く。

その場の誰も何も言えず、ただ龍淵に見入った。

「白悠の周りで生まれる前に死んだのは、あいつの父親の側室の子供。白悠の兄か姉として生まれてくるはずだった子供だ。お前はそれだ」

この男に人間の心があると信じる者がいたらただの愚者だ――と、そう思わせるほど龍淵の言葉は冷酷だった。

「胎児が怨霊になるのは珍しい。奴らは憎しみというものを理解する前に死ぬからだ。なのにお前は……何も分からないまま怨霊と化して、ここまでの力を得た。極めて稀《け》有《う》な怨霊だ」

龍淵は、壁が壊されて椅子や机がなぎ倒された無残な建物の中をぐるりと見回す。

「お前の力は強い。だから……お前を喰うぞ」

そこら辺でもいだ木の実でも手渡されたかというほど無感情に彼は言った。

そして答えを聞くことなく少年に歩み寄ると、その手首をつかんだ。少年の瞳に、激しい恐怖の色が宿る。その瞳が、助けを求めるように紅蘭を見た。

「待って！」

紅蘭はとっさに叫んでいた。飛び出して、龍淵の手から少年の華奢な体を奪い取る。抱きしめるようにして庇い、龍淵を振り返ると、彼は見たことがないほど苦い顔で紅蘭を睨んでいた。

「馬鹿が……！」

龍淵の謗《そし》り声とともに激痛を感じ、見下ろすと……少年が紅蘭の胸元にかじりついている。赤く染まった口元で、少年は可憐に笑った。

「おまえをくれるんでしょ？」

目の前が、真っ黒に染まった。

第六章　誰がその名を与えるか

気が付くと……紅蘭は見知らぬ屋敷に立っていた。

庭園の見える廊下に佇み、ぼんやりと庭の池を眺めている。

状況が分からず、しばし立ち尽くす。

ついさっきまで、下町の飯屋にいたはずだ。たしか、胸元を嚙まれて……

襟を寛《ひろ》げて胸元を見ると、嚙んだとは思えない真一文字の切り傷がある。

このわけの分からない状況……覚えがある。

「龍淵殿！」

以前紅蘭に同じ状況をもたらした男の名を呼ぶが、返事はなかった。

「いったい何を見せようというの……？」

呟きながら辺りを見回すと、庭園の池のほとりに二人の女が立っている。一人は見覚えのない女だったが、もう一人には覚えがあった。兄である俊悠の正室だった女だ。ずいぶん前に首を吊って死んでいる。二人は仲良く笑いながら会話していた。

紅蘭がその状況を凝視していると、二人は次第に言い争いをはじめ、兄の正室がもう一人の女を突き飛ばした。突き飛ばされた女は倒れて岩に頭をぶつける。そして頭から血を流して動かなくなった。

「うそ……待って！　いやよ！　そんなつもりじゃなかったわ！」

正室は倒れた女を揺する。そして、震えながら駆けだした。

「許して……許して！　許して！」

後には血を流す女だけが残された。

『これがぼくの死んだしゅんかん』

背後で突然声がして、紅蘭は振り返る。

そこには、顔の分からないあの化け物が立っていた。どうやら……この現象は龍淵の仕業ではないらしい。自分は今、この化け物と繋がって、その過去を見せられているのだ。紅蘭はようやく理解した。

『わたしはおかあさんのおなかにいた。おかあさんが死んだからおれも死んだ』

「お前は本当に……俊悠兄上の死んだ子だったのね……」

突き飛ばされて死んだ女は、兄の側室だったのだ。

『そうだよ。ぼくが死んだことを、だれもかなしんではくれなかったけどね』

化け物はけらけらと笑いながら言う。すると辺りは突然夜になった。

夜の庭園を、一人の女が歩いている。やせこけた頰に血走った目。乱れた衣服にざんばらの髪。そして手には縄を握っている。側室を突き飛ばして死なせた兄の正室だった。

「ごめんなさい……もう許して……」

正室は生気のない虚ろな表情で呟いている。

「ごめんなさい……ごめんなさい……殺すつもりなんかなかった……死ぬなんて思わなかった……ごめんなさい……」

言いながら、庭園の大木に縄をかける。大木の根元には……血まみれの女が立っていた。正室に突き飛ばされて死んだ側室だった。

「私もそっちへ行くから……だからもう……これ以上悪夢を見せないで……」

最後にそう言い残し、正室は首を吊った。

紅蘭はとっさに手を伸ばし、化け物の目を手で覆っていた。化け物はくすくす笑いながら紅蘭の手をどける。

『わたしはいちばんちかくでみてたんだよ。いまさらかくさなくてもいい』

「お前の母親は、自分を殺した女に復讐を果たしたのね……」

『そうだね。おかあさんはじぶんが死んだのがかなしかっただけで、あたしが死んだことはどうでもよかったんだろうね。ずっとちかくにいたのに、おかあさんはいちどもおれをみなかった』

化け物はまた笑う。笑っているところがはっきり見えるのに、やはり紅蘭にはその顔が分からない。いや……この化け物が……この子がどんな顔をしていたか知る者は、この世に一人もいないのだ。この子自身を含めて。

『あのおんなが死んで、たくさんのひとがないてたよ。おかしいね……ぼくが死んだことをかなしんでくれたひとはいないのにね。うまれるまえのこどもが死ぬなんて、よくあることなんだろうね。おれが死んだことをかなしんでくれたのは……このよに白悠ひとりだけだ』

突如、周りの景色が砂になって崩れ落ちた。

ぎょっとして辺りを見回すと、一面の砂漠が歪み、紅蘭は知らない部屋の中にいた。

「僕にお兄様かお姉様がいたって本当？」

愛らしく利発そうな五歳くらいの少年が、興味深そうに問いかける。

白悠だった。幼い白悠が目の前にいる中年の女に聞いている。

「ええ、側室だったお母上と共に事故でお亡くなりになったのですよ。ですが、そのことは人前で言っちゃいけませんわ。お父様が悲しまれますからね。辛い出来事でしたから、お忘れになった方がいいのですよ」

「お名前は何ていうの？」

「生まれる前に亡くなられましたから、名前はありませんわ」

すると、白悠はみるみる顔を歪め、床に蹲って泣き出した。

白悠はずっと泣き続けている。涙が部屋を溶かして海になり、真っ青な海の中で白悠はずっと泣き続ける。

いつの間にか白悠の前には、広大な青空が広がっていた。

白悠は草むらに立って、青空を見上げている。

「ねえ……僕のお兄様かお姉様……名前もないまま死んでしまったなんて……きっと悲しかっただろうね……すごく怖かったのかな……みんなきみのことを忘れたみたいに……何もなかったみたいに暮らしてるんだ。だけど、僕はきみのことを忘れたくないな。だから、きみに名前を付けてあげるね。きみの名前は青《あお》だよ。空のうんと高いところから、僕のことを見てくれてる気がするんだ」

『うん……ずっとそばでみてるよ』

すると青空が曇り、雨が降ってきた。

雨は辺りを洗い流して何もない真っ白な空間になった。

「青……どうして僕の母上は死んでしまったのかな……」

『ぼくのおかあさんがよんだからだよ』

「僕を育てるのが大変だったのかな」

『そうじゃない。おまえはちゃんとあいされてたよ』

　白悠の耳に、化け物……青の言葉は届いていないようだった。

「青……どうしよう……春桂《しゅんけい》が死んじゃった……階段から落ちて……」

『あれはじこじゃない。おまえの乳母はわるいやつだったんだ。せいてきのかんちょうってやつだった。だからぼくらのおとうさんがころしたんだよ。おとうさんはこわいひとなんだ』

　紅蘭はその言葉を聞いてぎょっとしながら、しかし心のどこかで納得した。

　あの兄ならば……そうしただろう。馬鹿で、愉快で、賢くて、怖い男だった。

「祥桂《しょうけい》もいなくなった……病気なんて……なんで……」

『乳母のむすめ？　そうだね……あのこはうまれつき病気だったから……乳母はかねがほしくてかんちょうってやつになったんだ』

「……どうして僕の周りの人たちはいなくなっちゃうんだろう……ねえ、青。みんな僕のことを、不幸を呼ぶ子供だって言ってる。それは本当かもしれない。だって、こんなに人が死んでる。僕が不幸を呼んだのかもしれない。だったら……僕はもう、誰にも近づきたくない……！　誰も不幸にしたくないよ！」

　蹲ってしまった白悠を見下ろし、青は無垢な笑みを浮かべた。

『なくなよ白悠。だったら、おれがおまえのねがいをかなえてやる。おまえにちかづくにんげんは、ひとりのこらずふこうにしてやるよ。そうすれば、もうだれもおまえにちかづかなくなる』

蹲っている白悠が、力なく顔を上げた。少し成長していて、顔立ちが大人びてきている。

「僕は本当に不幸を呼ぶ子供だったのかもしれない……僕に近づく人たちが、みんな変な事故に遭って怪我をするんだ。みんな僕を怖がって、誰も近づかなくなった」

『よかったな、それがおまえのねがいだったもんな』

「お前、何を言ってるの……」

紅蘭は思わず口を挟んでいた。

すると青は振り向いた。どこまでも清廉な瞳が紅蘭を射る。

『ぼくは白悠のねがいをかなえただけだ。白悠はわたしになまえをくれた。だからおれは白悠がのぞむことならなんでもかなえてあげるんだ』

悪意などかけらもない瞳が――

「……どうしてそれを私に見せたの？」

不幸を呼ぶ少年の正体……それは怨霊にとりつかれた少年ではない。怨霊に愛されて……願いを叶えられた少年だ。それを、どうして紅蘭に見せたのか……

『おまえはもう、ぼくのものだから。だからわたしのことをぜんぶしってほしかったんだ』

「私はお前のものじゃないわよ」

『おれのものだよ。わたしはもう、おまえをつかまえた。おまえはおれのものだよ』

青は紅蘭の腕をつかんだ。

『なまえをよんで。ぼくになまえはないけれど……おまえがよんでくれたら、白悠がくれたこのなまえがあたしのほんとうのなまえになるようなきがするんだ』

ぎりぎりと千切れんばかりの強さで青は紅蘭の腕を握る。

「……俊悠兄上はなぜ死んだの？」

痛みを堪《こら》えて紅蘭は問いただした。そのことは今見せられた記憶の中になかった。

紅蘭が、一番気にかかっていたのもそのことだ。

『呪いだよ』

「誰が兄上を呪ったっていうの？」

『ぼくが呪ってやったのさ』

「お前が？　どうやって？」

『うるさいなあ……おまえはおれのものなんだからよけいなことというなよ！』

青がそう叫んだ時、真っ白な空間にひびが入った。それはバキバキと嫌な音を立てて崩れ落ち、その裏から真っ黒な世界が現れた。

真っ暗な空間を、一人の男が歩いてくる。

「龍淵殿……」

『なんだおまえ……かってにはいってくるな！　おれのなかにはいってくるな！』

龍淵は無表情でこちらに近づいてくると、紅蘭の腕をつかむ青の手を引きはがした。

「これはお前のじゃない」

『ならおまえのだっていうのか？　おまえも殺してやろうか！』

「本当に珍しいな……嘘を吐く怨霊というのはあまりいない」

殺すと言われても、龍淵は眉一つ動かさなかった。逆に青の方が動揺している。

『……ぼくは嘘なんかつかない』

「それも嘘だ。お前は血の臭いがしないと言っただろ」

深紅の瞳が黄金に染まり、青の内側を覗きこむ。

「血の臭いがする人間が時々いる。人を殺した人間の……罪悪感の臭いだ。お前からはその臭いがしない」

その言葉を聞き、紅蘭は諦めのような吐息をついた。

やはりそうか……

「龍淵殿」

「何だ」

紅蘭は振り向いた龍淵の顔を両手で押さえ、無理やり唇を重ねた。

「私の中にあるこの子のかけらを喰らいなさい。きみならそれで、全部分かるんでしょう？」

唇の隙間から囁く。

近すぎてよく見えないが、彼が少し驚いているような気がした。

甘いものが喉の奥から上がってくる。それがとろりと吸い取られてゆく。

龍淵はしばし紅蘭を貪り、突然肩を押して突き放した。

吐き気を堪えるように口元を押さえて息をつめ、不意にだらんと手を落としたかと思うと……突如押し殺したように笑い出した。

ぎょっとする紅蘭の前でひとしきり笑い、こちらを見る。黄金の瞳に苛烈な感情が渦巻いているように感じて、背筋が寒くなる。

「じゃあ……見せてもらおうか……」

龍淵が呟くと、辺りの暗闇がぐにゃりと歪み、紅蘭は屋敷の中に立っていた。

目の前には懐かしい兄が佇んでいる。目鼻立ちのはっきりした長身痩軀《そうく》の男。意志の強さが顔つきに表れているかのようだ。この頃の兄とはあまり会っていない。すでに他の兄たちはなく、俊悠と紅蘭のどちらが玉座を射止めるかという時期で、直接会うようなことはなかったから、本当に久しぶりだった。

そして兄の向かいに、七歳の白悠がいた。

『やめろよ……』

青が、唸るように言った。

『かってにのぞくな!!』

しかし龍淵は青を見もしない。

目の前では兄の俊悠が息子と対峙《たいじ》していた。

「白悠、お前はおそらく病気だ」

兄は穏やかに告げた。屋敷の中だろう。辺りは静かで他に人はいない。

「え？　どういう意味ですか？　お父様」

「不幸を呼ぶ……常人には治療できない病気だ」

白悠は真っ青になって凍り付いた。

「自分に近づいた人間が決まって事故に遭うという自覚はあるか？」

俊悠は些細な疑問をぶつけるかのような軽やかさで問う。白悠は答えられない。

「お前は自分の周りに人を近づけない。こんな無人の離れに一人でいたがるのは、自覚があるからだろう？」

白悠は震えだした。俊悠は一考し、息子の目の前で胡坐をかいた。

「よく聞け。私は半年前、お前に五人の女官を近づけた。そしてその五人には、それそれ二人ずつの観測者をつけた。観測の結果、五人全員が一月《ひとつき》以内に怪我をした。観測者の証言によれば、殴られた女官が二人、突き落とされた女官が二人、上から物を落とされた女官が一人。そしてその犯人は、顔の見えない化け物だったそうだ。白悠、お前はおそらく、正体不明の化け物に呪われている。な？　分かるか？」

俊悠は重さを感じさせることなく、淡々と確認する。

『ひどいことというなあ……こいつ。おんなのひとりもまもれなかったくせに。ぼくが死んだってなきもしなかったくせに』

青がぎりぎりと歯噛みしながら言った。その直後、

「そんなの分かるもんか！　今更なんでそんなこと言うんだよ！　お父様は今まで何もしてくれなかったじゃないか！　僕がずっと一人でいたって、お父様は平気だったじゃないか！」

白悠は父を怒鳴りつける。

「あー……悪かったな。国の行く末を決めるべき皇帝は役に立たんし、玉座を争う弟たちは無能だし、唯一の敵は凶悪で厄介な小娘だからな……家庭に気が回らなかった。だけど私はお前が大事だし、可愛いぞ。だから今、その責任を取ろうとしている」

「責任？　僕を……どうするんですか？」

「呪い事に明るい術者がいる。そいつのところに預ける」

その言葉が恐ろしく聞こえたのか、白悠はひっと喉の奥で呻いた。

「……僕を捨てるんですか？」

「違う。言っただろう？　お前は病気なんだ。病気は治療すれば治る。それだけのことだ」

「……すぐ迎えに来てくれる？」

「ああ、治ったら必ず迎えに行く」

俊悠は力強く言い、息子の手を両手で握った。しかし白悠はその手を乱暴に振りほどく。

「……嘘だ。お父様はいつも口先だけで嘘を吐いて、僕を騙《だま》すんだ」

「私がいつ、お前に嘘なんか吐いた」

「一緒に温泉に行くっていう約束……破った」

「ん？　ああ……あの時はどうしても都合がつかなくて……」

「新しい馬をくれるって約束も、忘れてた」

「それは時期が悪くていい馬が見つからなかったんだ」

「梅の木を植えてくれる約束も忘れてた！　海に連れて行ってくれる約束も破った！　一緒にご飯を食べる約束もいっぱい破った！　猫が好きだって言ってたくせに、やっぱり犬が飼いたいとか言うし！　お付き女官にはもうちょっかい出さないって、あんなに約束したのにすぐ口説くし！　お酒の飲み方に気をつけるって、何度約束しても絶対守らないし！　酔っぱらうと脱ぐし！」

「……いや、それは……………すまん……悪かった。ほんと……ごめん」

「だからお父様は、僕が遠くに行ったら絶対迎えに来ない」

「それはない。必ず迎えに行く」

「嘘だ、来ない。僕が不幸を呼ぶから……傍にいるのが怖くなったんだ」

「そうじゃない。私がお前みたいなヒヨコを怖がるわけないだろ」

「そんなの信じない！」

頑なに拒む息子を見つめ、父は深くため息を吐く。

「仕方がないな……嫌がっても治療には行ってもらう」

俊悠は決意したように立ち上がり、白悠の腕をつかんだ。

「嫌だ！」

白悠は全身で拒絶し、父の手を振りほどく。そして近くの卓に置いてあった湯飲みを投げつける。本を投げつける。花瓶を投げつける。そして硯《すずり》をつかんだところで、俊悠は息子を抱き上げた。

「危ないことをするな」

そう言って、息子を抱えたまま部屋を出る。

「さあ、行くぞ」

「い、嫌だ……嫌だ……！　捨てないで！」

白悠は泣きながらめちゃくちゃに暴れ始めた。握りしめた硯を力任せに振り回し、その硯が父のこめかみに直撃した。

俊悠は小さく呻いて息子を放し、廊下に倒れる。そのこめかみから、血が流れて廊下を赤く染めてゆく。

床に落とされ混乱した白悠は、立ち上がって逃げ出した。部屋に隠れて部屋の隅で頭を抱える。

「ううう……誰か……」

泣きながら呻く白悠を紅蘭は険しい顔で眺めている。その隣にいた青が、たまらず叫んだ。

『おまえはわるくない……おまえはなにもしてないし……なにもみてない。こんなのぜんぶわすれろ！』

白悠はしばらく泣き続けていたが、ぼんやりと虚ろな瞳で顔を上げた。

「お父様……どこ……？」

呟き、ふらふらと立ち上がってまた部屋を出ようとした。

そうして部屋から外に顔を覗かせ……白悠はすごい速さで顔を引っ込めた。

血を流して倒れている俊悠に近づく黒い影……

黒い衣服を身に纏った男が、俊悠の傍に歩いてくる。彼は血を流す俊悠を冷たい目で見下ろす。そして、辺りを見回し、視線に気づいたらしく白悠の隠れる部屋の扉を開ける。

男は泣きながら座り込んでいる白悠を見つけると、一瞬驚きに目を見張り、忌ま忌ましげに舌打ちした。

「面倒だな……」

低い声が地を這うように聞こえて、白悠は身震いする。

男は部屋から出て行くと、倒れている俊悠の襟をむんずとつかみ、上半身を半分脱がせて軽々と肩に担ぎあげた。そして廊下の窓からひらりと外に飛び降りると、庭園に造られた池に俊悠の体を静かに沈めた。腰に下げていた袋から酒瓶を出すと辺りにぶちまけ酒瓶を転がし、最後に廊下の血痕を拭いとる。

そして再び白悠の前に戻って来ると、目の前にしゃがみ、恐ろしい目で射貫いた。

「小僧……今ここで見たことは、誰にも言うな。一言でも口に出したらお前を殺す。お前だけじゃない……この屋敷の人間を一人残らず殺す。お前の口の軽さが殺すんだ。分かったか」

気に食わない答えを返せば今すぐ殺されそうな鬼の形相。

白悠は頭を抱えて目をきつく瞑り、何度も頷いた。

「忘れるなよ」

そう告げると、男は足音も立てずにその場を去っていった。

「お父様が……殺された……」

白悠は震える吐息と共にそんな言葉を吐き出した。

「あの男に殺されたんだ……」

七歳の少年の幼い頭は、今の短い間に起こった出来事のつじつまを合わせようとしたのだろう。自分が父にしたことを、頭の中から削除した。

呆然とする白悠の姿は、泥のように崩れて消え去り、辺りはまた暗闇に沈んだ。そして次の瞬間、紅蘭は激しい衝撃を受けてその場から弾き飛ばされた。


呻きながら目を開けると、そこは崩れかけた飯屋の中だった。

気づけば紅蘭は、呆《ほう》けたように座っている。

「目が覚めたか」

声をかけられそっちを見ると、龍淵が白悠の体を床に押さえつけている。

「なんだよ……なんでうごけないんだ……なんでおまえみたいなやつにかてないんだ

よ！」

　白悠——いや、青は叫んだ。

「逆に聞くが、何故勝てると思った？」

　龍淵は無情に聞き返す。

「お前とはさっき繫がった。その時に鎖をつけさせてもらったぞ。もうどこにも逃げられない」

「あの子……また白悠の中に戻ったの？」

　いささか混乱して紅蘭は問う。

「あんたはさっき、これにとりつかれかけていた。俺が追い払った」

　これ……と呼ばれた青は恐ろしい顔でこちらを睨み上げた。紅蘭にとりつこうとしたが、龍淵に追い払われて、また白悠の中に戻ったということか……

「……おまえら……ぜんぶみたのか？」

「ええ、見たわ」

　紅蘭は青の目の前にしゃがみながら答えた。この子供に何を言うべきか……紅蘭は高速で頭を回転させた。自分の与えるひと言が、きっとこの先を左右する。

「お前はただ、白悠を守りたかっただけなんでしょう？」

　紅蘭は優しく問いかける。

「……そうだよ」

「私は味方よ。お前と白悠の味方だわ」

この怨霊は、生まれる前に死んでいる。世の中のことも人のことも何も知らずに力だけを得てしまった。白悠の中に閉じこもった状態で下手に刺激すれば、幼い体にどんな影響があるか分からない。

紅蘭は甘やかに語りかけたが、青の目つきは険しいままだ。

「でもおまえはおれをおいだした。おまえはぼくのものになってくれないんだな」

「そうね。私を所有できる人間は私自身だけで、お前のものにはなれない。それでも、お前と白悠の味方だわ。だから、その体を白悠に返してちょうだい」

「……いやだ」

青はぎりりと歯を噛みしめる。

「ひとを殺したら、死刑になるんだろ？　わたしだってそのくらいしってるよ。おまえたち、白悠を死刑にするんだろ？　やくにんに白悠をつかまえさせて、うしをつかってやつざきにしたりするんだろ？」

「そんな馬鹿げたやり方、私はしないわ」

「ほかのやりかたでやるってこと？　やっぱり死刑にするんだ」

「そうじゃないわ」

揚げ足を取られて顔をしかめる。

「おまえは白悠を死刑にするきだ。白悠も、おまえをずっとこわがってた。おまえは白悠にやさしくしたからいいやつだとおもったけど……」

青は床に押さえつけられたまま無念そうに歯を食いしばる。

紅蘭は、そんな青の頬にそっと手を触れた。これしかない……と、腹を括った。

「私はお前のものにならない。だけど……もう一つの願いなら叶えられるわ」

「もう一つ？」

「ええ、お母さんになってと言ったわね。私、お前の母親にだったらなってあげられるわよ？」

青の瞳が大きく見開かれ、窓から入る光を映してキラキラと輝いた。

「ほんとうに？」

「本当よ。私、嘘は吐かないわ。何に代えてもお前と白悠を守ってあげる。約束するわ、青。私がお前の名を呼ぶわ」

すると、青の大きな瞳からぽろぽろ涙が零れてきた。

「龍淵殿、この子を放して」

紅蘭がそう言うと、龍淵はしかめっ面で少々渋りながらも少年を解放した。

青は起き上がってちょこんと座り、輝く瞳で紅蘭を見つめる。

「ほんとうにぼくのなまえをずっとよんでくれる？」

「ええ、呼ぶわ。青、お前は私の子よ」

「えへへ……そうだよ。ぼくは青っていうなまえなんだ。白悠がつけてくれた」

「綺麗な名前ね」

「そうでしょう？　だからわたしは、白悠のためならなんでもするんだ」

「そうね、だけどもう、白悠のために人を傷つけたりする必要はないわ。あの子はもう、不幸を呼ばなくてもいい。私の後宮はそういう場所よ」

「そうなの？」

「ええ、そうよ」

「ふうん……」

空気が柔らかくなったところに、不快そうな顔をしていた龍淵が嘴《くちばし》を挟んだ。

「おい、満足したならお前が襲った人間たちの呪いを解け」

たちまち青は目を吊り上げる。

「うるさいやつ……やっぱりおまえはきらいだなあ……さいしょにみたときから、ずっといやなやつだっておもってた。白悠いがいでおれにはなしかけてきたふたりめのにんげん……おまえをみてるとあたまがばかになっちゃいそうだ。あたしはおまえがきらいだなあ」

きっぱり嫌いと青は言った。怨霊が龍淵を嫌うところを初めて見た。

「嫌いでも何でもいいから呪いを解けと言っている」

「……どうやってとくんだ？」

「……何だと？」

「のろいなんて、といたことないよ。ぼくはただ、白悠にちかづくにんげんなんかいないほうがいいっておもったから……そうすれば白悠がきずついて死にたいなんておもわなくてすむから……だから……みんな死んじゃえっておもっただけなんだけど、それってどうやってとくの？」

無垢な瞳に問われた途端、龍淵の顔色が変わった。柳眉をひそめ、立ち上がる。

「まずいな……」

そう呟いて彼は飯屋を飛び出した。


「殺さなくちゃ……」

宮殿の薬事室で、女官は言った。

「殺さなくちゃ……」

その隣で別の女官も言った。

「そうだ……殺すんだ……」

衛士も言った。

「みんな殺せ……」

侍従見習いの陸九禅も言った。

全員体に黒い手形をつけられて倒れた者たちだった。

「は⁉　ちょっと……どうしたんですか？　落ち着いてください！」

監視を任されていた柳郭義と暮羽は、慌てふためいて止めようとした。

しかし全員を止めることはできず、彼らはふらふらと薬事室から出て行った。

「くそっ……何だこれ！」

苛立ちを見せる郭義に対し、暮羽は真っ青になって震えた。

「まさかこれって……龍淵殿下の言ってた怨霊というものの仕業ですか？　あ、操られてるの……？　嘘でしょ……郭義様、みなさんを斬り捨ててしまいましょう」

「何言ってんですか、紅蘭様にお仕置きされますよ？」

「お仕置きくらい百回だって受けますわ！　おばけとか……冗談じゃない。毒でも殺せないようなものが近くにいるなんて我慢できません！」

暮羽は拳を胸の高さで握って喚いた。

「気持ちは吐くほど分かりますけど！　殺すのは絶対ダメです！　何とか……半殺し

で止めましょう。この人たちはほとんどが、貴族の子女ですよ。紅蘭様の名に傷が付きます」

「極悪女帝の名にこれ以上傷なんか付くものですか！」

「そりゃそうですけど、紅蘭様の望まないことは暮羽殿も望まないでしょう？」

怒鳴られて、暮羽はうぐぐと歯噛みする。

「……分かりました。触りたくないから、蜘蛛で毒殺するのでは……」

「ダメだっつってんだろ！　とにかく止めるぞ！」

郭義は手近な男の腹に拳を叩きこんだ。しかし男はよろめいただけで、痛みを感じる様子もない。

「こりゃ……やばいな……」

苦虫を噛み潰したように、郭義は男の腕を後ろに捻り上げて拘束する。その間に、他の患者たちはぞくぞくと薬事室から出て行った。

「ぎゃー！　手が足りねえ！」

喚く郭義の代わりに、暮羽が患者たちを追いかけた。部屋の外に出た患者たちは、壺の破片や燭台などの凶器を握り、連なって歩いている。

「ああ……どうしましょう……ええと……夢遊病患者が暴れていますわ！　誰か衛士を呼んできてくださいまし！」

暮羽の必死の悲鳴を聞いて、ぞくぞくと衛士が集まってくる。

騒ぎを聞きつけて顔を覗かせた女官たちは、凶器を手に暴れている者たちを見て悲鳴を上げ、逃げまどう。その声がまた人を呼び、宮殿内は大騒ぎになった。

「紅蘭様！　こんな時にどこ行ったんですか！」

郭義は暴れる患者たちを押さえつけながら空に向かって叫んだ。


「三人はさすがに重いわね」

紅蘭は馬を走らせながらぼやいた。

その後ろには白悠を抱えた龍淵が跨っている。

「何が起きてるかきみは分かってるの？」

「さあな……だが、こいつが暴走した時、あの呪いに何か作用したのは感じていた。それが周りの死を望む呪いだったなら……」

説明されてぞっとする。

「なかなか愉快なことになっていそうね」

無理やり軽口を叩いて馬を駆り、三人は宮殿に帰りついた。

門番を蹴散らすように中へ入り、薬事室がある建物まで馬を走らせると、そこにとんでもない光景が広がっていた。

大乱闘だ……

三十人ほどの患者が凶器を手にして暴れ、それを止めようと五十人以上の衛士たちが集まっている。もう、いつ死人が出てもおかしくない。

「全員おやめ！」

紅蘭はその場に轟く大音声で命じた。

空気と共に衛士たちの体がびくりと震え、振り向く。馬上の紅蘭を見つけると、彼らは恐れ戦き静まった。

しかし、衛士に取り押さえられている患者たちは、紅蘭の声など少しも耳に入らない様子で暴れ続ける。

「一人一人縄で縛って、寝台に拘束しなさい」

紅蘭は続けて命じた。

「は……承知しました！」

衛士たちは慌てて縄を取りに行こうとする。

そんな男たちの間に、龍淵がするりと馬から下り立った。

突如現れた異次元の容貌を有する男に、衛士たちは足を止めて見入った。龍淵が後宮から出たことはほとんどなく、表の警備ばかりしている彼らは龍淵を見たことがなかった。特異な色彩を持つということは噂に上っていたかもしれないが、それを目の前の男と結び付けるほどに頭が働いておらず、女帝から命じられたことすら頭から吹き飛んでしまったかのようだった。彼らの頭の中は龍淵の存在で占められていた。見《み》惚《と》れた……というよりは、圧倒的な何かを前にして思考を止めたように。

「縛らなくていいから押さえておけ」

龍淵は一番近くで壁に押さえつけられていた侍従見習いの陸九禅に近づき、彼の袖や裾を雑に捲《めく》った。最後に襟元を引っ張って寛げ、鎖骨の辺りに黒い手形を見つけると、そこに唇をつけた。

呆然としていた衛士たちが一瞬ざわつく。

龍淵は数拍九禅の肌を吸い、口を離すと何かをごくっと呑みこんだ。

「え？　手形が消えた……」

九禅を押さえていた衛士が信じられないというように呟く。

そして虚ろだった九禅の瞳に生気の光が戻った。

押さえ込まれている自分を顧みて、状況を把握できずに困惑している。そして目の前に立つ龍淵を認め、たちまち毛を逆立てた。

「何だ！　どうしてあなたがここに……」

ここにと言いながら、自分がどこにいるのか分からないらしく辺りを見回す。

それを見て、衛士たちは波のうねりのようにどよめいた。

「おお！　正気に戻ったぞ！」

「いったい何をしたんだ！」

驚く衛士たちを一瞥し、龍淵は気だるげなため息を吐いた。

何の喜びもないという態度で次の患者に足を向ける。

そして一人一人、患者の手形を消してゆく。

衛士たちは誰一人として龍淵の成すことを理解できてはいなかったが、その行為がもたらす結果を粛々と受け入れた。

わけが分からないが、これは恐ろしくも尊い奇跡だ……と。

最後の一人の手形を消すと、龍淵は紅蘭と白悠のもとに戻ってきた。

衛士たちはほっとしたように患者たちを運んでゆく。正気に戻った患者たちは、何が何だか分からないまま、安静を強いられ連行される。

それらを見てようやく肩の荷を下ろし、紅蘭は龍淵を迎えた。

「ありがとう、龍淵殿」

朗らかに礼を言うものの、しかし一つ懸案事項が残っている。この男は強力な怨霊である青を喰うためにこれをやったのだ。ならば、これから彼がすることは……

龍淵が白悠を……青を見た。紅蘭は黄金に輝くその瞳から少年を隠して前に立った。

「ダメよ」

「何がだ？」

「私の子なの。喰わないでちょうだい」

「いいからどけ」

「ダメだと言ってるでしょう？」

紅蘭は頑として譲らなかった。すると龍淵は紅蘭に手を伸ばし、腕を掴むと紅蘭をぐるりと回転させて、背後から腕で首を絞めるみたいに拘束した。

普段の龍淵は、実のところそれほど力が強くない。兵士のように鍛えているわけでもなく、荒事にはまるで向いていない。だが、その瞳が黄金に輝いている時、彼は人外の力を使う。常人には感じ取ることのできない圧倒的な力で紅蘭を拘束している。

「放しなさい！」

腕や足は自由なのに、いくら暴れても抜け出せない。

とっさに指を掴んで捻ろうとしたが、どれだけ力を入れても彼の華奢な指は全く動かず、肘打ちをしようとしたらきつく首を締め上げられた。

「ちょっと黙ってじっとしていろ」

龍淵は冷たく言い捨て、空いた方の手のひらを見下ろした。そこには紅蘭から刃物を奪った時の傷がある。

「ちょうどいいか……」

彼は紅蘭を締め上げたまま、逃げることもなく威嚇するような怖い顔で立っている青の襟首を摑んで引き寄せ、血のにじむ指を彼の口に突っ込んだ。

「これで全部か？　おまえに返す」

そう言って龍淵は青の口から指を抜いた。すると青は……白悠はがくんと膝を折ってその場に倒れる。倒れた白悠の輪郭がぶれ、その体から何かが染み出すように出てきた。それは人の形に変わり、ぼんやりと白いあの化け物になった。

「青？」

紅蘭がそっと声をかけると、龍淵がようやく手を放し、紅蘭の口に傷のある指を突っ込んだ。

そこから何かが入ってきた。血液ではない……もっと甘く恐ろしいものだ。

そうか……傷口も穴か……

指を引き抜かれると、目の前の景色が少し変わった。

生きた人間とは違う悍ましいものが蠢いている。そして……青の姿を見て紅蘭は瞠《どう》目《もく》した。

いくら見ても分からなかったはずの青の顔が、はっきりと認識できた。

それは……白悠と同じ顔だった。己の性別も顔も知らぬまま死んだこの子供は、唯

―自分に心を寄せてくれた弟の顔を……真似たのだ。

「俺には最初からこう見えていた。白悠も同じように見えていたんだろう」

そう言われて紅蘭は、ようやく彼や白悠が化け物の顔に反応していた理由が分かった。龍淵は一目で、化け物と白悠の繋がりを察しただろう。白悠は、鏡を見ているような心地で、自分が不幸を呼んでいると感じただろう。

「白悠はこいつに呪われてはいない。とりつかれてもいない。ただ、きょうだいとして傍にいただけだ。怨霊を見ることができない白悠は、こいつの存在を知りもしないだろう。だが……心のどこかで無意識に感じていたはずだ。覚えていなくても、覚えていたはずだ。自分が父親を殺したことも、こいつに守られていたことも……」

そこで紅蘭は、ふと白悠が怪我した時のことを思い出した。青が刺されたのを見て、白悠は怪我をした。自分が刺されたかのように……

一連の騒動を起こした恐ろしい化け物である青は、ただただ不思議そうな顔で龍淵を見上げている。

『なんでぜんぶかえしたの？　おまえはおれをくいたいんじゃなかったの？』

「近頃喰いすぎで消化不良だ。お前はいらない」

そっけない彼の言葉に、紅蘭は混乱した。青を喰うために行動していたんじゃないのか？　抱いていた憎しみや殺意を失って、空っぽになった自分を埋めるために、手あたり次第怨霊を喰い荒らしていたはずでは？

なのに、青を喰わないという……ここまでの労力を費やして、呪われた患者たちを救い、青のことを見逃して、何を得ることもなく……彼はただ、人のためだけに動いた。その事実に、紅蘭の胸は震えた。

「帰るか……」

龍淵はそう言うと、倒れている白悠を抱き上げた。

「案外重いな……」

すでに金から赤へと戻った目を不満そうに細める。そして白悠を抱いたまま、後宮の方向へと歩き出した。

紅蘭は彼の後に続いて歩き出し、ぽつんと立ち尽くしている青を手招きした。

「ついていらっしゃい。お前も白悠も私の子なんだから、連れて帰るわ」

『ほんとうにわたしのおかあさんになってくれるんだ？』

「なるわよ。嘘だと思ったの？」

『嘘なのかなって、ちょっとおもった。だって、おとなはすぐ嘘をつくよ。あたしと白悠はしってる』

「そう……大人は嘘を吐くかもしれないけど、私は嘘を吐かないわ。だから安心して一緒においで」

するると青は、安心したみたいににこっと笑った。

ひょこひょこと小走りでついてくる。そしてぴょんと飛び上がり、とぷんと地面に沈むようにして消えてしまった。

『ずっとおかあさんでいてね。もしやくそくをやぶったら……おまえにふこうをよぶからね』

そんな声が、風と共に聞こえてきた。

終章

白悠が目を覚ましたのは翌日の夜のことだった。

知らせを受けて、紅蘭と龍淵は白悠の部屋を訪れた。

白悠は寝台から起き上がり、ぼんやりとした目で二人を見た。

「青は……まだいるんですか？」

開口一番そう尋ねられて紅蘭は少し驚いた。

「記憶があるの？」

青に体を乗っ取られていた時の記憶はないものだと思っていた。

「記憶？　何のですか？　あの化け物が青だって、さっき目が覚めた時に気が付いたんです。青は……生まれる前に死んでしまった、僕のきょうだいの名前なんです」

紅蘭は目をぱちくりさせる。どうやら青が見せたあの記憶を覗いたわけではないらしい。後宮で出会った化け物の正体に気が付いただけのようだ。

「青は僕が勝手に頭の中で考えだした存在で、本当は傍になんかいないんだと思ってました。でも……そうじゃなかったんですね。青が僕のために不幸を呼んでたんなら、それは僕がやったのと同じことだ。僕が不幸を呼んでいた」

俯き、布団を手で握りしめて彼は言う。

紅蘭は自分の唇を指先で数回叩き、一瞬の衝動とはいえ己の喉を突こうとした少年の危うさを慮って考えをまとめた。

「白悠、お前とあの子は、別の人間よ。お前はあの子が行ったいかなる行動にも、責任を感じてはならない。あの子はひとりの人間として存在している。お前はあの子を束縛してはならないの。残念ながら、お前に不幸を呼ぶほどの力はないわ。私の言葉を信じなさい。言ったでしょう？　私はこの世でお前にだけは誠実でありたいと思っていると」

紅蘭は静かに強く断言する。

白悠は目をぱちくりさせて首を捻った。

「……僕を言いくるめようとしてます？」

素直に受け入れず疑《うたぐ》りの目を向けてきた白悠に、紅蘭は思わず笑ってしまう。

「いいえ、私が思う本当のことを言ってるだけ。お前がどう受け止めるかはお前に任せるわ。お前は賢いから、何を信じるかは自分で決められる。そうでしょう？　ただ、一つだけ言うなら……あの子はお前がとても好きなのよ」

「……僕も青が好きです。ずっと話しかけてて、遠い空にいるんだと信じてた」

白悠は鼻を赤くしながら言い、不安そうに俯いた。

「……お父様が死んだことにも、青は関わっているのかな……」

思いつめたように布団を握る手が震えた。

紅蘭は寝台の端に腰かけ、震えるその手を握った。

「俊悠兄上を殺した犯人に、心当たりがあるわ」

紅蘭が神妙に告げると、白悠ははっと顔を上げた。

「あの男は本当に存在したんですか？　もしかしたら僕、あれは夢だったかもしれないって……」

「あの男は確かに存在したわ。そして三年前に死んでいる」

「死ん……だんですか……」

ずっと追い求めていた男がすでにいないと知り、少年は放心する。

「あの頃……世継ぎ争いをしていた時、兄弟間で多くの刺客を送り合っていた。そうして兄たちの一人が雇った刺客。それが俊悠兄上を殺した男の正体よ。あの男はね、俊悠兄上を殺したあと、私の命を狙ってきたの。その時捕らえて首を刎ねている」

紅蘭はあまり感情を交えずゆっくりと説明した。

白悠は驚きに口をぽかんと開いて話を聞き、脱力するように肩を落とした。

「そうか……あいつはもう死んでたんだ……」

「ええ、残念だけれど、お前の捜した男はもういないわ」

残酷な現実を告げると、白悠は小刻みに体を震わせ、涙を零した。声を上げるのは恥だと考えているのか、喉を締めたみたいに音は漏らさない。

紅蘭は泣いている白悠の頭を撫でようと手を伸ばし……しかし、自分の膝にその手を戻した。

「憎む相手がいなくなるって空虚よね。そういえば、龍淵殿の憎い相手も少し前にいなくなっちゃったのよね？」

傍に立っていた龍淵ににやりと笑いかける。

「……何が言いたい？」

「きみの心の中もずいぶんと空虚なのかしら？」

紅蘭は眼の端で白悠の様子を探りながら、龍淵を更に挑発した。

白悠は涙を引っ込めて驚き、次いでげんなりした顔になった。

「きみはいつも気まぐれな態度をとるじゃない？　そういうの、いいかげん幼稚だと思うわ。少しは大人になった方がいいと思うのよ」

「……俺があんたの都合に合わせる理由はないな」

龍淵はほんの一瞬白悠に視線をやり、紅蘭の挑発に乗った。

「私はこの国の女帝なんだから、きみが言うことを聞くのは当然でしょう？」

二人のやり取りを聞き、白悠は拳を握ってぷるぷると震えだした。

涙目で、ぎろりと顔を上げる。

「二人とも……何しに来たんですか？　ケンカしに来たんですか？　これでも僕、それなりに悩んでるんですよ。少しくらい気遣ってやろうとか思わないんですか！」

くわっと牙をむいて怒鳴られ、紅蘭はうふふと笑った。

「あら、ごめんなさいね。私、生まれてこの方悩んだことがないものだから……」

平然と返した紅蘭に、白悠は呆れかえった様子で脱力した。

紅蘭は満足げに一つ頷き、

「これ以上怒られないうちに退散するわ。ゆっくり休みなさい。元気になったら一緒にご飯を食べましょうね」

そう告げて立ち上がり、部屋を出て行こうとする。すると――

「ここにいてやろうか？」

龍淵がそんなことを言い出した。

紅蘭は瞬間的に意味が分からず、理解して腰を抜かすほど驚いた。

白悠は眼を大きく見開いて龍淵を見上げる。そしてて恥ずかしそうにぷいっとそっぽを向く。

「だけど僕……疲れてますし、父上様のお相手してる余裕はないですし」

「別に相手をしろとは言ってない」

「じゃあどうして……？」

白悠はちらっと横目で龍淵の様子をうかがう。

「ただ、一緒にいようと思っただけだ。他のことは何もしない」

断言されて、白悠はちょっと面食らったらしかったが、ややして苦笑した。

「しょうがないなあ、父上様は。おとなしくしてるならここにいてもいいですよ」

照れ隠しみたいに言う白悠を見て、紅蘭は感心するやら驚くやら……

「きみ……どういう心境の変化なの？」

こそっと龍淵に耳打ちしてしまう。

「俺が一人でいた時に、樹晏がよくそう言ったなと思い出した。樹晏は何もできない無力な男だったが、俺の傍にいようとした」

「本当に珍しいこと……」

心底驚きながらも、紅蘭は感慨深いものがあった。

何の利益もなく、彼は人を救った。そして今、不安な少年の心を慮っている。

空っぽになった彼の中に、何かが満たされ始めているのかもしれない。それはきっと、喜ぶべきことなのだ。

「分かったわ。じゃあ、白悠をお願いね」

紅蘭がそう言うと、どこからともなく咽《むせ》び泣く声が聞こえた。見ると、寝室の入り口から顔を覗かせている白悠の女官たちが感極まって号泣している。

それを見て、白悠はぽつりと言った。

「……ここの女官たちは変な人ばっかりですね。どうして誰も、僕を怖がらないんだろう……」

紅蘭はくすっと笑う。彼女たちが不幸を呼ぶ少年など怖がるはずがない。彼女らも口をそろえてそう言うだろう。何故ならば――

「当然でしょう？　私より怖いものなんて、この後宮にいるはずがない」

それを聞いた女官たちは、当たり前だとばかりに頷いていた。


白悠の部屋を出た紅蘭は、安堵して自分の部屋に戻ろうと廊下を歩く。

部屋の前で待っていた護衛官の郭義が黙って後からついてきた。

これでようやく全部終わった……

白悠はいい子だし、呪われてなどいなかった。ただ、優しかった白悠に慰められた怨霊がいただけのこと。

今はどこに潜んでいるのだろうか？　辺りをうかがってみるが、姿は見えない。

部屋に戻ると、いつも通り女官の暮羽が出迎えてくれた。

「お帰りなさいませ、紅蘭様」

清楚可憐な微笑みに、紅蘭は笑みを返す。

「ただいま、暮羽。全部終わったわ」

そう言ってそっと手を上げ……暮羽の頰を拳の背で殴りつけた。

鈍く嫌な音がして、暮羽はよろめきながら後ろに倒れた。

背後にいた郭義が息を吞み、部屋の中に入って扉を閉めた。

紅蘭は長椅子に座り、ここしばらくの疲れを吐き出すように深呼吸した。

暮羽は起き上がり、紅蘭の傍に近づいてきた。口の中が切れたのか、唇の端から血が一筋流れる。暮羽はそれを拭い、紅蘭の足元に跪くと、深々と頭を下げて首を差し出した。

「約束通り……どうかこの首をお刎ねください」

懇願する暮羽に、紅蘭は目線一つくれてやらなかった。言葉も与えない。それでも暮羽は黙って首を差し出し続ける。

郭義は神妙な面持ちで唇を引き結び、この事態を見守っている。

恐ろしいほど長い時間が過ぎた。誰一人動こうとしない中、突然部屋の扉が開いた。

入ってきたのは龍淵だった。

「あら、戻ったの？　白悠は大丈夫そう？」

紅蘭は朗らかに笑って迎える。

厄介なところに戻ってきたなと、胸中で舌打ちする。

龍淵は頬を腫らして跪く暮羽を見下ろし、黙って近づき目の前にしゃがんだ。暮羽の顎を持ち、無理矢理顔を上げさせる。

「龍淵殿、今少し大事なことを話してる途中だから……」

「李俊悠を池に沈めた黒衣の男はお前か？」

龍淵は紅蘭の言葉を遮り、暮羽に問うた。

室内の空気が凍り付いた。

ああ……やはり彼には分かってしまうか……紅蘭は諦めに近い気持ちで思った。

「李俊悠が死んだ瞬間を覗いた時、黒衣の男を見た。李俊悠は頭を殴られた跡があったはずなのに、奴の死は池に落ちた事故だと言われた。お前は以前……紅蘭の首の傷の血を止めたことがあるな。李俊悠にも同じことをしたんだろう？」

暮羽は唇を噛みしめ、恐ろしい形相で龍淵を睨み上げた。

「そういう顔をすると少しは面影があるか……ここまで化粧をすると別人になるな。白悠はお前の顔を見ても気が付かなかった」

龍淵はじろじろと暮羽の顔を眺めまわす。

「お放しください」

清楚可憐な暮羽の口から低い男の声が発せられた。龍淵は少し驚いたように目を見開いた。そしてその後ろで、郭義が龍淵以上に驚いていた。

「龍淵殿下！　暮羽殿が男性だと知ってたんですか!?」

「まあ、見れば分かる」

「いや、普通は見ても分かんねぇよ！　俺も最初は分からなくて騙されて……いやいや、違う！　そんなことより……暮羽殿が俊悠殿下を殺した？　俺はそんな話聞いてねえぞ！」

郭義は怖い目つきで紅蘭を睨んだ。龍淵も、静謐《せいひつ》な瞳で紅蘭を見据える。

その眼差しを受け、紅蘭は一考し……ふんわりと微笑んだ。

「ええ、私が暮羽に俊悠兄上の殺害を命じたわ」

本当に本当のことを……告げる。

「え！　何でですか!?」

郭義は酷く混乱しているようだ。

「それはもちろん、私が即位するのに邪魔だったから」

紅蘭は足を組み、悠然と答えた。

「そうじゃない！　何で俺に言ってくれなかったのかってことです」

ああ、そっちかと紅蘭は苦笑し、

「だって……お前は俊悠兄上と仲が良かったから……泣くと思って」

「誰が！　……いや、たとえそうだったとしてもですね……」

「私も俊悠兄上と仲が良かった。私は俊悠兄上を好きだった。だけど……私たちは思想が合わなかった。私は私こそが皇帝になるべきだと知っていたから、兄上と戦ったわ。お互い殺し合いましょうと約束して」

紅蘭は組んだ足に頬杖《ほおづえ》をついて無感情に語り始めた。

「暗殺など程度の低いやり方と思っていたから、他の方法を考えていたのに……私は間に合わなかった。俊悠兄上を追い落とす前に、先帝が俊悠兄上を跡継ぎにしようとしてしまったの。先帝は俊悠兄上をあまり好きではなかったから、北の地へ追いやっていたけど……それより私を恐れていたからね。私はすぐにでも俊悠兄上を殺さなくてはならなくなった」

いささか腹立たしげに眉をひそめる。

紅蘭にとって、あれは唯一の敗北と言っていい。取りたくない手段を取らざるを得なかった。あの時紅蘭は俊悠に敗北していた。

「私は刺客を差し向けることにした。同時期に……兄上から書簡が届いたわ。不幸を呼ぶと言われている息子を救ってほしい……とね。俊悠兄上は術者である暮羽の存在を知っていたのよ。不幸を呼ぶなんて馬鹿げた妄想だと思ったけれど、私は息子を引き取ると返事をして、暮羽を向かわせたわ。俊悠兄上を殺すのに、ちょうどいい機会だと思ったからね」

紅蘭は別段感情を見せることなく淡々と語る。

龍淵は驚きも怒りも何一つ見せることなく黙って話を聞いている。

「あの機会がなければ、俊悠兄上を殺すことは難しかったでしょう。だけど……誤算が一つあったわ。兄上が白悠に殺されてしまったということ。私が何もしなくても、兄上は死んでいた。逆に白悠が何もしなければ、暮羽が兄上を殺していた。どちらがそれをしなくても、俊悠兄上はあの日死んでいた。ただ、事実は白悠の手で俊悠兄上が殺されてしまったということ」

あの日、俊悠と白悠の間に何があったのか……そのことが紅蘭はずっと気になっていた。何故兄は死んだのか……兄を殺すのは自分であるはずだと信じていたのに……。青の記憶を見ることで、紅蘭はようやく真実を知った。

「私は暮羽に、病死を装うよう命じていたわ。暮羽が作る毒ならば、そういうことができるのよ。酒に毒を混ぜて飲ませるはずだった。だけど……兄上が予想外に死んでしまったことで計画が狂ったわ。暮羽は兄上の傷を消して池に沈めて事故死を装った。

まあ……悪くはない手だわ。なのに……この子は一つだけ過ちを犯した」

紅蘭はちらと暮羽に目を向ける。暮羽は龍淵の手を振りほどいて平伏した。

「目撃者である白悠を、暮羽は始末せずに戻ってきた」

おそらくこれ以上冷たい声は出ないだろうと紅蘭は思った。

「この子はね、子供を殺せないのよ。だからそのまま戻ってきた。もしもこのことで何か問題が起こる日が来たら、首を刎ねてくれと彼は言ったわ」

そして今、彼は紅蘭の前に首を差し出している。

「そうして私は皇帝になり、白悠は姉上のもとに身を寄せた。私は不幸を呼ぶ子供の存在など信じてはいなかったわ。けれど、姉のもとに身を寄せた後も、白悠は不幸を呼び続けた。これは何かあるのだと、私はようやく理解した」

紅蘭は話を終えると一つ息をついた。

「きみの聞きたいことはこれで全部かしら？」

「……紅蘭……あんたは、兄から白悠を頼まれたと言ったな」

ずっと黙って話を聞いていた龍淵が口を開いた。

「ええ、言ったわ。兄は私に白悠を託した」

「……白悠が本当に不幸を呼ぶ危険な生き物だったら……殺すつもりで養子にしたのか？」

静かに問われ、紅蘭はしぱしぱとまばたきした。そしてふっと笑う。

「まさか、危険だという理由一つで殺すなら、私はとっくにきみを始末している。本当に不幸を呼ぶような力があるのなら、殺してしまうのはもったいないでしょう？　私はただ、あの子を最大限に有効活用しようと考えただけ。その代わり、心から愛して大切にしようと思ったわ」

当たり前のように告げる。

「それが不幸を呼ぶ子供でも……生まれる前に死んだ悲しい怨霊でも……私は使うわ。この世に価値のないものは存在しない。価値がないと思うなら、それは使う人間の能力が足りないだけのこと。私は、使うわよ。自分のこともそうやって使ってきた」

さて……と、紅蘭はそこにいる者たちを見回した。

「これで全部ね？」

「……私への罰が終わっていません」

暮羽がそう言って再び首を差し出した。

「斬ってください。そういう約束で私は白悠殿下を見逃しました」

「罰はもう与えたわ」

紅蘭は自分の頬を指す。暮羽の頬は紅蘭に殴られて腫れている。

「こんなものは罰になりません。首を刎ねてください」

頑なに言われ、紅蘭は立ち上がった。

郭義に近づき、手のひらを上に向けて差し出す。郭義は少し迷った末、腰の剣を鞘《さや》ごと渡してきた。

紅蘭はその剣を振りかぶり、鞘のまま暮羽の背を打ち据えた。

一回……二回……三回……それが十回に達したところで剣を放る。郭義が慌ててそれを摑む。

「お前は何の権利があって私からお前を奪おうというの？　これ以上歯向かうのはおやめ」

「……ありがとうございます」

「話は終わりよ。休むからもう出てお行き」

「……承知しました」

暮羽は深く項垂《うなだ》れて、立ち上がると部屋を出て行った。

「じゃあ、俺も失礼しますよ」

郭義もまだ何か言いたそうではあったが、渋々といった感じで後を追った。

「暮羽殿、大事なことはちゃんと報告してくださいよ」

廊下を歩きながら郭義は暮羽に声をかけた。

「申し訳ありません。口止めをされていましたので」

暮羽は振り向きもせずに言った。郭義はわざとらしくため息を吐く。

「今更俺が人ひとり殺したくらいで泣くと思ったんですかね……紅蘭様は」

「あの人はあなたを深く愛していらっしゃいますから」

「それはまあ……暮羽殿だって、紅蘭様に可愛がられてるじゃないですか」

すると暮羽はぴたりと立ち止まり、振り返った。

「俺はお前とは違う」

底冷えのする低い声で言う。こういう時、何故か彼はちゃんと男に見える。

「俺はあの人に使い潰されて死ぬために存在している。役に立たないくらいならさっさと首を刎ねられた方がいい」

「ははっ……てめえの視野はアリンコのケツの穴かよ」

郭義は馬鹿にするような笑みを浮かべて、小さな丸を形作った指の穴から暮羽を覗いた。暮羽は凍てついた瞳を忌ま忌ましげに細める。

「紅蘭様はちゃんとお前を必要だと思ってるって。だからあんま落ち込むな。だけどまあ……お前がいくら紅蘭様に惚《ほ》れても、その想いは叶わないだろうけど……」

少々憐れになってそう言い添えると、暮羽の纏う気配はいっそう冷たく恐ろしいものになった。

「あの人をそういう妄想で穢すな。俺はあの人にそういうことを求めてない」

「怒らないでくださいよ。紅蘭様は怖くて残酷な極悪女帝だが、俺にとっちゃただの可愛い極悪女帝なんですから」

「……あなたの価値観には賛同できませんわ、郭義様」

女の声を作り、暮羽はふいっと前を向く。そして優雅な足取りで歩き出した。

「確かに……色恋を当てはめるのは無粋ってものか。あの人に惚れたところで……地獄が待ってるだけかもしれませんからね」

郭義は苦笑いしながらそう言うと、暮羽の後を追いかけた。


気まずい……すごく気まずい……

全てをぶっちゃけた後の、二人きりの空間……非常に気まずい。

紅蘭は何気ない素振りでぶらぶらと部屋の中を歩き回る。

龍淵は黙って立ち尽くしている。

知られて困るわけではない。白悠には絶対に隠し通すつもりだったが、龍淵に知られても困るわけではないのだ。だけど……彼の考えていることが理解不能すぎて、どう振る舞ったらいいのか分からない。

いきなり暴れ出したり……しないでしょうね……

ドキドキと危うい気分で盗み見るが、特に何かをしでかしそうな様子はない。

いったん落ち着こうと、部屋の真ん中で立ち止まる。深呼吸して、龍淵に向き直ろうと振り返りかけたその時、背後から突然抱きしめられた。

びっくりして振り返ろうとするが、足がもつれて二人同時に座り込んでしまう。

龍淵は床に座ったまま紅蘭を膝に乗せ、後ろから抱きしめて首筋に顔をうずめた。

「龍淵殿、急にどうしたの？」

ついこの前まで、紅蘭に触れないと宣言していたはずなのに……

そう言えば、この二日間彼がむやみに怨霊を喰い散らかすところも見ていない。

戸惑う紅蘭の首筋に、龍淵は唇を寄せた。そこには彼がかみついた傷痕がついていて、まだ痛々しさを残している。この傷は残るだろうと暮羽は言った。暮羽は紅蘭の肌に傷が残ることを酷く嫌がるのだ。

その傷に、龍淵は吸い付くように唇を寄せている。びりびりとした痛みを感じ、この傷も穴だろうかと紅蘭は考えた。

「ねえ、龍淵殿……？」

「ありがとう……」

彼は言った。紅蘭は驚きすぎて、聞き間違いかと思った。

振り返ると、間近に深紅の瞳があった。その奥に、燃えるような激情を感じる。

「ありがとう……俺にあんたを憎む理由をくれて……」

龍淵はそう続けた。

「心優しく思いやりのある女なんかじゃなくて……誰の首を刎ねようが罪悪感のかけらも抱かず、血の臭いすらしない……そんな恐ろしい女でいてくれてありがとう。俺は……安心してあんたを憎める。残虐非道な極悪女帝」

紅蘭は唖然とした。何を……言い出したのだろう……？

「ちょっと……意味が分からないわ。きみ、何かこう……前を向く気持ちになったんじゃなかったの？　力を使って人助けをしようとか……」

だからあんなにも懸命に人々を助けたのでは……？

「青と白悠を助けたかっただけだ」

「え!?　青と白悠を!?」

ますます驚く。どう考えても二人に興味などなさそうだというのに……

「あれは俺の子供だから」

「は!?　え!?　正気なの!?」

意外過ぎて恐怖すら覚えた。父親にはなれないとあんなにも頑なに言っていたのに……いったい何を考えて……

思わず身震いしてしまう。

「あの二人を俺の子供と思うことにした。あんたは俺の子供たちを、利用しようと考えてここまで連れてきた。憎むに足る極悪女帝だ」

そこまで言われてようやく言葉の粒が合致する。

彼は……紅蘭を憎む理由を得るために、青と白悠を子供と思うことにしたのだ。たぶん本質では、この世に生まれたことそのものを憎んでいるのだろう。その憎しみを紅蘭にぶつける理由として、子供たちを守るためという大義を得たのだ。

子供を何だと思っているのか――と、問いたい気がしたが、どの口が言うのかという感じだ。

彼の言うことは理屈がぶっ飛びすぎていて、常人には理解できない。

「きみは人を愛することができないのに、あの子たちの父親になれる？」

「確かに俺は人を愛せない。逆にあんたは人を愛する能力にも優れているんだろう。だが、白悠はあんたを恐れて俺に懐いた」

意外と真理を突かれ、紅蘭はうぐっと呻いた。

「だけどそのことすら、あんたにとっては児戯なんだろう。紅蘭……あんたは異常だ。あんたの強さは……異常だ。そのあんたの強さを……俺は憎む」

強烈な理屈をぶつけられ、紅蘭はがっくりと肩を落とした。

飽きられたのなら嫌われようと思っていたあの苦労は……？　全部無駄になった気分だ。だけど……何故か悪い気分じゃない。

紅蘭はにんまりと笑った。

「私を殺したい？」

「あんたを苦しめて……苦しめて苦しめて苦しめて殺したい」

その言葉に、紅蘭はぞくりとした。

この世で自分だけが、彼にこれほどの強い感情を抱かせることができる。自分がいなければ、彼の中身は空っぽなのだ。そしてその空洞に溜《た》めこんだ悍ましいモノたちを、どんなふうに吐き出す羽目になるか分からない。その事実は、紅蘭にどうしようもなく甘美な快感をもたらした。

「……いいわよ。苦しめてちょうだいよ。きみにできる全部で私を殺して」

紅蘭はばくばくと激しく鼓動する心臓を持て余し、姿勢を変えて龍淵に向き直った。衝動のまま、彼の唇に自分の唇を重ね合わせる。

龍淵は久しぶりのその行為を拒むことはなかった。紅蘭の身体に腕を回し、薄く開いた唇から舌を忍び込ませてきた。体温が上がっていくのを感じる。それは自分のものか彼のものか分からないくらいに混ざり合ってゆく。

彼にとってこの行為は、怨霊に犯される苦痛を鎮めるためのものでしかない。なのに、時々こうして溺れるような熱を感じる。

これは繋がる行為だ。鼓動はどんどん速くなる。

頭の中が焼き切れそうになり、その瞬間、すとんと胸の中でなにかがはまった。

「あ……私、きみが好きだわ」

唇の隙間から、紅蘭はそう零していた。

口にするとその言葉は、実にしっくりと胸に収まる。

ふと見ると、眼前で龍淵が驚くほど険しい顔をしていた。

「聞こえなかった?」

首をかしげて問いかける。

「……聞こえなかった」

たぶん嘘だな。

「きみが好きだと言ったわ」

少しゆっくり、はっきりと言葉にする。

いつからだったのだろう? かなり前のような気がする。明確な境目は分からないが、彼はたぶん、紅蘭の中で今まで誰も座ったことがない席に初めて座った。

龍淵はみるみる顔色を変えた。青ざめて、体を引く。

赤くなるならともかく、青くなるとはどういうことだ。

紅蘭は妖艶に笑った。

「賭けは私の負けかしらね……」

龍淵は見たこともないほど複雑で厳《いか》めしい顔をしたまま凍り付いている。

今まで数え切れないほど愛を囁かれ、体を求められてきただろうに……その全てを無感情に受け止めてきたのだろうに……その男が今、紅蘭に怯えている。

「どうして逃げるの？　きみ……私に触ってないと死ぬんでしょう？」

うっとりと目を細め、紅蘭は龍淵に顔を寄せた。


「母上様！　父上様！　おはようございます、起きてください」

少年の甲高い声に呼ばれ、紅蘭は目を覚ました。

寝室に入ってきた白悠が、腰に手を当ててこちらを睨んでいる。

あれから三日が経っていた。

白悠はなんだか……元気だ。

「一緒にご飯を食べようって言ったの、母上様じゃないですか」

「おはよう、白悠。そうね、起きるわ」

紅蘭は苦笑しながら寝台から出た。

「父上様！　父上様！　起きてくださいってば！」

白悠は全く目を覚まそうとしない龍淵の体を揺すった。

「……うるさい」

「うるさいって何ですか！　規則正しい生活は健康の基本ですよ！」

がおうと吠《ほ》える。

あまりにも揺すられて、龍淵は渋々起き上がった。

紅蘭はそれを見て笑ってしまう。

「おはよう、龍淵殿」

可愛さにつられて龍淵に近づき、頬に触れようとするといきなり手をはたかれる。

ふいっと顔を背けられる。

好きだと告げてから、彼はずっとこんな感じだ。

「前みたいに抱きしめてくれないの？」

小首をかしげて尋ねると、龍淵は怖い顔で睨んできた。

紅蘭はにこにこと笑顔を返す。

そうして見合っていると――

「朝からいちゃつくのやめてください。ご飯食べますよ」

白悠がぱんぱんと手を叩いて急《せ》かしてきた。

「はいはい、お前が私を怖がらなくなって嬉しいわ」

紅蘭は白悠に誘われて寝室から出ながら言った。

「は？　何言ってるんですか、怖いですよ」

「あら、怖いの？」

まばたきしながら用意された卓につく。

白悠が向かいの席に座り、後から出てきた龍淵も空いた席に座る。

親子がそろった食卓を見て、控えている女官たちがとろけそうな顔をしている。

「母上様のことなんか、怖いに決まってます」

断言する白悠に、女官たちは力強く同意するよう何度も頷く。

「お前には優しくしてるつもりなのに」

「優しいのに怖いって最凶だと思います」

あははと朗らかに白悠は笑った。何か憑《つ》き物《もの》が落ちたみたいな笑顔だ。

「みんなして怖がってばかりで困るわね。一人くらい私を可愛いと言ってくれる人はいないのかしら」

紅蘭はわざとらしくため息を吐いた。

「ああ、でも……父上様が変なことをした時、母上様はびっくりした顔するじゃないですか。あれはちょっと可愛いですよ」

粥を匙《さじ》ですくいながら白悠は言った。

紅蘭は眼を真ん丸にしてしまう。

「あら、そんなこと初めて言われたわ」

不覚にもときめいてしまう。

女官たちも口元を押さえてなにやらじたばた悶《もだ》えている。

「そうですか？　可愛いところもありますよね？　父上様」

突如話を振られた龍淵は、匙を口に含んだまま固まった。

紅蘭はぱっと顔を輝かせる。

「どう思う？　龍淵殿。好きな人には可愛いって思われたいものよ」

紅蘭と白悠と女官たちの視線が一斉に突き刺さる。

龍淵は鼻面にしわを寄せて粥を呑みこみ、また匙ですくって口に運ぶ。無視すると決めたらしい。

「どんな衣装だと可愛く見えるかしらね。きみが好きなのを着るわ」

「……何を着てもあんたは可愛くはならない」

無視しきれなかったのかそんなことを言う。紅蘭はさすがにムッとした。

「そういうのは良くないわ。女官たちの手でアレな目に処されちゃうわよ」

視線を送られた女官たちが、ぐっと拳を固めて同意を示す。

「そもそもあんたは本気で可愛いと思われたいとは思ってないだろう」

「決めつけないでほしいわ」

「ちょっとお二人とも、ケンカはやめてください」

「俺に可愛いと思われて何の意味がある」

「きみが好きだから、可愛いと言われたら嬉しいわ」

「のろけもやめてください」

「……変なことをいうのはやめろ」

「きみのそういう面倒くさいところが好きなのよ」

「……気持ちが悪い」

「父上様言いすぎ」

「どうぞ思う存分罵倒して。好きなだけ私を憎んで殺そうとすればいいわ。私が勝手にきみを好きなだけだもの」

「母上様物騒なこと言わない」

「どう言われたところで、俺はあんたを好きにならない」

「きみは私を好きになるわよ――と言いたいところだけど……きみの憎悪は愛よりずっと甘いわね。愛してるって言われるよりずっと素敵」

「……本当に、あんたの頭はどうかしてる」

「だから……いいかげんにしろってば！」

白悠は怒鳴った。立ち上がり、二人を睨む。

「なんでこう、毎度毎度いちゃつきながらケンカしてるんですか」

可愛い顔で睨まれ、紅蘭と龍淵はぴたりと口を閉ざした。

「母上様、父上様、僕はあなたたちのことが……別に好きなわけじゃない。お二人も、別に僕を好きだと思ってるわけじゃないでしょう？　父上様も母上様を好きじゃない。僕らは全然、好き同士な親子じゃない」

白悠は腰に手を当て、一つ大きなため息を吐いた。

「だけど、僕らは家族になったんだから、好き同士じゃないまま騙し騙し一緒にやっていくしかないんですよ。だから、ケンカはしないで仲良くする！　ね！」

真剣なその顔に、紅蘭は思わず頷いた。龍淵は不機嫌そうにそっぽを向いている。

女官たちはもはや静かにすることなど忘れて拍手喝采だ。

一同の様子を見て、紅蘭は何やらむしょうに可笑しくなり、からからと笑った。

「そうね、騙し騙しの綱渡りなんて、愛し合うよりずっと素敵」

―本書のプロフィール―

本書は書き下ろしです。

小学館文庫

極《ごく》悪《あく》女《じょ》帝《てい》の後宮《こうきゅう》 2

著者　宮野美嘉《みやのみか》

二〇二三年三月十二日　初版第一刷発行

発行人　石川和男
発行所　株式会社　小学館
〒一〇一-八〇〇一
東京都千代田区一ツ橋二-三-一
電話　編集〇三-三二三〇-五六一六
販売〇三-五二八一-三五五五
印刷所――――図書印刷株式会社

この文庫の詳しい内容はインターネットで24時間ご覧になれます。
小学館公式ホームページ　https://www.shogakukan.co.jp

ISBN978-4-09-407236-5